# 元、落ちこぼれ公爵令嬢です。

*Previously, I used to be a disqualified daughter of the duke.*



ぎゅっと紙袋を握りしめてお礼を言うと、ヴィークは照れくさそうに微笑んだ。

その後も、ヴィークは旅先での話を続けてくれた。そのほとんどは、視察の内容ではなく側近たちとの楽しい自由時間の話である。

どれも、そのシーンが手に取るほどに思い浮かんで。クレアは失われた時間を取り出して楽しむような、不思議な夕暮れを過ごしたのだった。

クレア・マルティーノ
ノストン国の名門・マルティーノ公爵家の令嬢。望まない未来を変えるため、二度目の人生を送っている。類稀な魔力を持つが、祖国には隠している。
ディオン・ミード
反逆を企てるミード伯爵家の令息。他人の魔力に干渉できる特別な魔法の使い手だが……。

# 元、落ちこぼれ公爵令嬢です。

*Previously, I used to be a disqualified daughter of the duke.*

# 2

contents

# プロローグ

「シャーロット様、そろそろお目覚めになってはいかがですか。今日はクレア様が王立貴族学院からお帰りになる日ですよ」

侍女の言葉に、シャーロット・マルティーノは顔を顰めベッドの中で寝返りを打った。

返事をしないシャーロットがまだ深い眠りの中にいると勘違いした侍女は、ベッドの側のカーテンをしゃっと開ける。

「……！」

薄暗かった部屋に朝の光がぱぁっと差し込んだ。

「お目覚めくださいませ、シャーロット様。白湯をこちらに」

（まだ眠いのに……余計なことを！）

心の中で舌打ちをしつつ、むくりと起き上がったシャーロットは呟く。

「……朝は白湯じゃなくて紅茶がいいって言っているのに」

「シャ、シャーロット様？　……も、申し訳ございません……」

ぼんやりとした視界に見えた侍女の驚いた表情に、シャーロットはしまった、と思った。

寝起きが悪いのは自覚しているところである。うっかり素が出ないようにいつもは気をつけているのに。

（これも、今日はクレアお姉さまがお帰りになる日だからだわ！）

シャーロットは慌てて笑顔を取り繕って言う。

「ううん。違うの！　クレアお姉さまって、朝は白湯ではなく特別な紅茶を召し上がるでしょう？　久しぶりに会えるから、ついうれしくて真似をしたくなってしまったの」

「左様でございましたか。シャーロット様はクレア様のことが本当にお好きなのですね」

「ええ！　もちろん！　大好きなお姉さまです」

微笑（ほほえ）みかけてくる侍女に、シャーロットもまた大袈裟（おおげさ）な笑顔を返す。

「では、紅茶を準備してまいりますね。今日のお召し物はクローゼット手前に支度しております」

「ありがとう」

シャーロットの可憐（かれん）な微笑みに侍女は目を細め、部屋を出ていった。パタン、と扉が閉まるのを確認してため息をつく。

「……大好きなはず、ないじゃない。だって、私の邪魔しかしないのよ？」

クローゼットの前に置かれた姿見には忌々（いまいま）しげなシャーロットの表情が映っている。ふわふわの髪に、愛らしいまん丸の瞳。それは、確かに自分の姿だった。

シャーロット・マルティーノに不思議な記憶が加わったのは一三歳のとき。既にその頃、彼女は淑女の模範とも言える異母姉・クレアのことを疎ましく思っていた。

別に、初めからそうだったわけではない。けれど、生まれながらにして全てを持っている一歳違いの姉はシャーロットにとって眩しすぎたのだ。

その上、シャーロットの母親の立場は控えめに言っても社交界にとって好ましいものではなかったらしい。

そのせいでマルティーノ家に入ってすぐに参加するようになったお茶会や淑女教育では、幾度となく厳しい視線に晒されてきた。

そのたびにシャーロットを庇うのは異母姉・クレア。子供の頃は優しい姉のことを天使だと思っていたが、少し経つと聖女然としすぎた振る舞いがどうあがいても埋められない自分との格差を見せつけてくるようで、嫌悪感を抱くようになっていた。

そんな中で、突如として目覚めた「この世界は自分のためにある」という感覚。そして、脳裏に浮かんだ、攻略対象者と重要なイベントのリスト。

シャーロットが、国の第一王子・アスベルトを攻略対象に定めることは自然なことだった。

「今日は、まもなく行われる一五歳の洗礼式のためにクレアお姉さまが王立貴族学院の寄宿舎から戻る日よ。そして、洗礼式をきっかけに私たちの立場は逆転していく」

シャーロットにとって、これからクレアを足蹴にしていく未来は取るに足らないこと。

鏡の中に映る可憐な少女は、邪気なくまっすぐな瞳で微笑んでいる。

――この世界は、自分のためにある。微塵の疑いもなく、シャーロットはそう信じていた。

# 第四章

コンコンコン。

誰かが扉を叩く音で、クレアは目を覚ました。

(――あっ……!)

慌てて飛び起きると、周囲を見回す。二年間を過ごした記憶のある、二間続きのスイートルーム。懐かしささえ覚える調度品が目に入り、クレアは目を瞬かせた。

「ここは……ノストン国の王立貴族学院だわ……」

窓の外の景色を確かめたくてベッドから下りる。こんなに頭は冴えて興奮しているのに、脚に力が入らなくて、そのまま床にへたり込んでしまった。そして、首周りの違和感に気づく。

(髪が……)

ここを追放された夜に切り落としたはずの髪がそこにあった。

「戻ったんだわ……」

机の上に置かれたカレンダーが指すのは、確かに二年前のそれである。ついさっき、自分はみなみの部屋で『アスベルトルート』に入るセーブデータを読み込んだ。

どうやら、セーブデータの読み込みに合わせて過去に戻る方法はうまくいったらしい。

記憶とこの現実の時系列が合っていることを確認して、クレアは大きく息を吐く。

(璃子……は確か、クレアの一五歳の誕生日前が分岐点だと言っていたわ。日付から見て……ここは分岐点に違いないわ)

「それにしても……何だか……頭がぼうっとする」

クレアにとっては、どちらも現実の世界なのだと頭では理解できている。けれど、ここにいるとあれは夢だったのではないかと思ってしまうのだ。

ふるふると頭を振っていると、また扉を叩く音がした。

コンコン。コンコン。

「クレア様。クレア様――?」

「はい。……あなたは」

慌ててガウンを羽織り扉を開けると、そこにいたのはかつての友人・キャロラインだった。

「こんな早朝に申し訳ありません。ですがクレア様。今日はマルティーノ公爵家へお戻りになる日ですよね。しばらくお目にかかれなくなってしまいますので、ご挨拶に参りました」

「ええ……」

記憶とは違い、にこやかなキャロラインの表情にクレアは戸惑っていた。一度目の人生でアスベルトに婚約破棄を言い渡され、王立貴族学院を飛び出した日。この扉の向こうで、クレアに厳しい声を投げかけたのはほかでもない彼女である。

王立貴族学院に入学したばかりの頃、クレアとキャロラインは仲が良く、行動をともにしていた。けれど、翌年に妹のシャーロットが学院へ通うようになると二人の関係は変わってしまったのだ。

今となれば、シャーロットが何かを仕掛けていたというのはわかる。けれど、当時のクレアにとって友人が離れていくのは辛いものがあった。

「キャロライン様、わざわざありがとうございます」

「いいえ、そのようなこと！　……洗礼式の後に行われる夜会には私もご招待いただいております。洗礼に伴うお祝いの場を王宮という場で持てるのは王族以外ではマルティーノ公爵家だけ。とても楽しみですわ」

「私も、夜会でお会いできるのを楽しみにしています」

「ではクレア様、お気をつけて」

「ええ、ありがとうございます」

（そういえば……洗礼式の前に休暇を取ったとき、こんな場面があったわ）

挨拶を終えて自室へと戻るキャロラインを、クレアは複雑な気持ちで見送る。かつての友人の笑顔も、この寮に漂う重厚な雰囲気も、うわずるのをなんとか抑えた自分の声でさえも。ここにあるものは、記憶の中の『一五歳で洗礼式を迎える前の自分』に変わりはなかった。

(私はここで、シャーロットが白の魔力を悪用しないよう尽力する。そして、一年と少し後にこの学院を出てイーアスの街に行くのよ)

あらためて、洗礼式前まで戻ると決めたときの決意を噛みしめる。そして、当たり前のように自然と浮かんだその考えに、口元は弧を描いた。

(今……パフィート国のヴィークたちは何をしているのかしら)

カーテンの隙間から差し込む光は朝を告げている。

この朝を選択したクレアの心に、後悔はなかった。

精霊との契約にあたる洗礼式は、人生においてもっとも重要なものだ。然るべき手順を踏んで準備を行い、当日を迎えることになる。家が名門であればあるほど洗礼に関わる行事は盛大になる。

そのため、王立貴族学院の一年生は洗礼式の準備のために学校を休む者も多い。名門公爵家・マルティーノ家に生まれたクレアもご多分に漏れず、洗礼式のために数週間の休暇を取ったのだった。

「なんだか……もう懐かしいわ」

久しぶりに訪れた実家を前に、クレアは感傷に浸っていた。

キャロラインとの挨拶の後、馬車でマルティーノ公爵家へ戻ってきたはいいが、どうしても扉を開けることができない。

(今この家には、シャーロットがいるわ。もちろんここにいるのはあの惨事を引き起こしたシャーロットとは違うのだけれど。……私は、平静を保って普通の顔でいられるのかしら)

あの、ノストン国での夜会。シャーロットの傍若無人な振る舞いに関しては完全なマルティーノ家の落ち度である。けれど、明らかな敵意を持ってヴィークたちを傷つけ、両国間の平和を壊そうとしたことはシャーロット個人の資質によるものだった。

行き場のない怒りが蘇りそうで、クレアは唇を噛む。

(……少し、怖い)

なんとかエントランス前で気持ちを整えていると、ふと目の前の扉が開いた。

「……クレアお嬢様！　おかえりなさいませ！」

「……ソフィー……」

予想だにしなかった人物がそこにいることに、クレアは目を丸くする。

くるくるのくせ毛を一つにまとめた侍女がこちらを見て微笑んでいる。そばかすのある丸顔は彼女の親しみやすさを増していて。

彼女――ソフィーとの思い出が、一瞬でクレアの頭の中を駆け巡った。

「そうよね……だってここは……私がまだ一四歳だった頃の世界だもの……」

思わず口からこぼれた本音に、ソフィーが首をかしげる。

「はい、クレアお嬢様？」

「……っ。ソフィー！」

くしゃっとした温かい笑顔で出迎えてくれたソフィーに、クレアは思わず抱きついた。

「あらあら。クレアお嬢様はまだまだ子供ですね。もうすぐ一五歳になるっていうのに」

彼女――クレアの専属の侍女であるソフィーは、クレアの母親が亡くなって間もない時期にこのマルティーノ家に雇われた。それからずっと、クレアにとって姉のような存在でいてくれた。

けれど、彼女はこれから半年後に暇を申し渡されてしまうのだ。

「クレアお嬢様、レオお兄様とシャーロット様がお帰りをお待ちでいらっしゃいます。サロンにお茶を用意しましょう。その前に、お召し替えのお手伝いを」

（……！）

シャーロットが出迎えに来なかったことにホッとしつつ、クレアは微笑む。一度目の自分は、きっとこう答えたはずだ。

「……私も、レオお兄様やシャーロットと会いたかったわ。すぐに参ります」

「お帰りなさいませ、クレアお姉さま！」

（……！）

サロンの扉を開けるなり、飛びついてきたシャーロットにクレアは思わずたじろいだ。

動揺を気づかれないようにしながら、引きつってしまった表情をなんとか整える。

「ただいま戻りました、レオお兄様、シャーロット。……お元気そうで良かったわ」

「はい！　もう、お姉さまが洗礼式のための特別休暇に入るのがずっと楽しみだったんです！　学院でのお話をお聞かせくださいませ！　アスベルト様のお話も！」

真ん丸の目でこちらを覗き込んでくるシャーロットは文句なくかわいい。さっきまで、クレアは彼女にいつも通り接せられるのか不安だったけれど、懸念は一気に吹き飛んだ。

（私は……白の魔力を目覚めさせるまでシャーロットからの敵意を感じたことはなかったわ。もしかしたら……私がさっきソフィーに抱きついたのと同じで、本当にただ会いたいと思ってくれているだけかもしれない）

「シャーロット。クレアが驚いているぞ。お前たちは本当に仲が良いよな。母親が違うとは思えないよ」

「レオお兄様だって、私とお母様が違うのに仲良しでしょう？　……それとも、もしかして仲が良いと思っているのは私だけなの？」

次兄レオの軽口に、シャーロットは過剰に反応している。大きな瞳を悲しそうに陰らせてさらに首をかしげたその仕草は、やはり愛らしくて。

「そ、そんなわけないだろう?」

「よかった！　私はレオお兄様のことも大好きです！」

二人のやり取りを見守っていたクレアの頭の中に、『璃子』の声がぼんやりと響く。

『あー、お兄ちゃんとの好感度を上げて動いてもらうのに苦労したわー』

「……！」

(そういえば……金庫にあるというお母様からの手紙は、まだシャーロットには見つかっていないのかしら)

クレアの洗礼式がリンデル島で行われなければいけないということを記した、母親からの一通の手紙。

それはこのマルティーノ家の書斎の金庫に保管されているはずだった。

けれど『璃子』によると、それが次兄レオの手によって処分されたせいで、シャーロットの人生は『アスベルトルート』へと動いていくらしい。

つまり、それはクレアの表舞台からの追放を意味していた。

(私はこの国から出ていくことを望んでいるのよ。アスベルト殿下の婚約者という立場や、マルティーノ家の女傑としての名誉はどうだっていいわ……けれど)

——お母様からの、最初で最後の手紙が読みたい。

クレアの中に、淡い期待と母を慕う気持ちが入り交じる。

手紙が捨てられることを防ぎたいわけではない。

むしろ、予定通り一年後にヴィークたちに出会うため、自分に秘められた本当の魔力を周囲に知られるのは絶対に避けたい。

(けれど、お母様がまもなく一五歳を迎える私のために、どんな手紙を残してくれたのかが気になるわ)

「クレアお姉さま、どうなさったのですか？　早く席について、私に王立貴族学院でのお話を聞かせてください！」

「そんなに急がなくても、来年になればシャーロットも通えるんだぞ？　……まぁ、とにかくクレア、こちらへ」

「……はい、お兄様」

レオとシャーロットは、異母兄妹としては十分すぎるほどに親しげである。未来を知っているクレアからすると、まるで、何か意思を共有しているようにすら感じられて。

二人をぼうっと見つめながら母のことを思い出していたクレアは、一瞬で現実に引き戻されたのだった。

束の間のティータイムを終えたクレアは、マルティーノ公爵家の二階にある父ベンジャミンの書斎へとやってきていた。

目的はほかでもなく、金庫に保管されている手紙を確認するためだ。レオとシャーロットは一階のサロンでまだ会話を楽しんでいる。

レオの王立貴族学院時代の話で随分と盛り上がっていたので、しばらく二階に上がってくることはないだろう。

（夜になればお父様とオスカーお兄様が王宮から帰ってくる。それまでに少しだけなら）

クレアは、そっと扉を開けて書斎に足を踏み入れた。

左右の壁には造り付けの本棚があり、さまざまな本が天井までぎっしりと詰まっている。

正面には大きな窓と、重厚な書き物机。その手前には応接セットが置かれている。

（小さい頃……よくここに来てお父様がお仕事をするのを見ていたっけ）

懐かしい光景が浮かんで、つい頬が緩んでしまう。けれど、それからすぐにあの夜会での父の振る舞いが思い出されてクレアの心は沈んでいく。

父は、先の夜会でクレアを物として扱おうとした。だが、それは予想の範囲内だったため傷つきはしない。

それでも、昔の優しかった父に会いたくないと言えば嘘（うそ）になる。

「お父様は、変わらずにずっとお忙しいのよね」

机にはたくさんの書類が積み重なっていて、埃（ほこり）一つない。女傑・マルティーノ家の名に恥じない生き方をしようと決めた幼い日の記憶と違いはなかった。

（……あった！）

机の下を覗き込むと、そこには小型の金庫が置かれていた。

マルティーノ家では、本当に重要なものは魔法による結界が張られた部屋で管理されている。しかし、この金庫は魔法ではなくダイヤル式の鍵で開くものだ。

この金庫をマルティーノ家に持ち込んだのは、女傑として知られたクレアの祖母だという。祖母は数年前に病で亡くなってしまったものの、兄妹の中でもクレアのことをとてもよく気にかけてくれた。

（魔法の結界は魔法によって破られる。それを防ぐために原始的な方法や人と人との約束で守られるものがあってもいい、とおばあ様はおっしゃっていたわ）

そんなことを考えながら、クレアは金庫のダイヤルを回していく。

祖母の言いつけで、この金庫を解錠する数字は父母のほかオスカー・レオ・クレアに与えられた。加えて、数字を口にできないという契約魔法まで付加されるという厳重さである。

後からマルティーノ公爵家にやってきたシャーロットには、どうやってもこの金庫が開けられなかった。

（……ええと、確かこうなはず）

レトロなダイヤル式の数字を合わせて解錠する。

ギギ、と鈍い音をさせて扉が開いた。がらんとした庫内には一冊のアルバムにいくつかのカード、それとピンク色の封筒が入っていた。

「これだわ！」

クレアはピンク色の封筒を手に取る。

（開けてもいいかしら。……大丈夫、読んだ後封をして戻せば問題ないはず）

ほんの数秒間だけ躊躇（ちゅうちょ）した。けれど、やはり耐えきれない。

そうっと封を剝がし、取り出した便箋に書かれていたのはうっすらと記憶に残る母の字だった。

〜　〜　〜

クレアへ

一五歳のお誕生日、おめでとう。

伝え忘れるといけないので、ここに記します。

洗礼式は、パフィート国のリンデル島で。

シンプルに伝えたいことだけが書かれている。

(きっと……お母様は自分が亡くなることを想定してこの手紙を書いたわけではないのだわ。これはきっと、本当に万が一の最後の砦だった)

封筒の中には、兄オスカーやレオ宛ての手紙はない。現に、二人はノストン国で洗礼を受けている。

「洗礼を受け損ねると国への重大な不利益が想定される私の分だけ……」

自分の声が掠れたのがわかった。

この簡素な文面には、ある日突然に命が失われた母の無念が映されているようで。クレアは震える手で手紙を胸元に抱きしめ、目を閉じる。

一度目の人生、王立貴族学院を出たクレアはヴィークたちと出会い、母親の出自に関する秘密を知った。

だからこそ、今ここに自分宛ての手紙しかない理由が理解できる。

(お母様は、自分がリンデル国の王族の末裔だという事実を背負っていたのだわ。それが明らかになった瞬間、自分の身が危ないということも知っていた。だからこそ、極力手紙けれど、もしクレアが一度目の人生でこの手紙を読んでいたら、兄たちに対しての申し訳なさや心苦しさ、そして母親へのわずかな怒りすら感じていたかもしれない。

「レオお兄様は……この手紙を読んで捨ててしまうのよね」

どういう経緯で兄レオがこの手紙を手にすることになるのかはまだわからない。しかし、このままでは母からの最後の言葉が捨てられてしまうことだけは目に見えている。

（お母様からの手紙を……手元に持っておきたい……）

ピンク色の封筒を持つ指先に力が入る。

そのとき、階下からシャーロットとレオの話し声が聞こえた気がした。サロンでのひとときを終えて、部屋を出たのかもしれない。

「一五歳の洗礼をノストン国の教会で受ければ何の問題もないわ。……未来は、変わらない」

クレアは覚悟を決めて封筒を抱えると片手で金庫を閉じた。そして、元通り机の足元の奥深くに押し込む。

そのまま自室に戻ったクレアは、クローゼットの奥のトランクケースに母からの手紙をしまい込んだ。自分だけの思い出として。

その数日後。クレアは兄オスカーと一緒に街へとやってきていた。

「オスカーお兄様。お忙しいのに付き合ってくださってありがとうございます」

「なぜそんなに畏まる？　普段は王立貴族学院の寮に入っていてなかなか会えないだろう。私も、かわいい妹との時間が欲しかったところだ」

立ち寄ったカフェで深々と頭を下げたクレアに、長兄オスカーは心底不思議そうにしている。

けれど、面食らったのはクレアの方だって同じである。

クレアの記憶に新しいオスカーは、冷たく厳しい視線をこちらに向けていて。しかし、そうなる前のオスカーはとても優しく、頼れる存在だった。

しかし、『マルティーノ公爵家の落ちこぼれ』になってしまったクレアは、兄に顔向けができなくなっていた。

そして、いつの間にか二人の関係は冷え切っていくのである。

将来仕える相手だったがクレアが立場を失い、関係が変わるのは自然なことなのかもしれない。

（オスカーお兄様との関係が変わるのは洗礼式がきっかけだったわ。この優しいお兄様とお話ができるのもあと少し）

一度離れていった相手がまた同じように自分の元を去っていくのには辛いものがある。

けれど、少なくともヴィークたちに出会うまでは未来を変えることはできない。

懐かしさすら覚える兄の柔らかい口調に、クレアは感傷に浸っていた。

「それよりも、よかったのか。今回購入したドレスは随分シンプルなものが多かったようだが。洗礼式を前に、好みが変わったというか……クレアも大人になったのだな」

「はい。一五歳を迎える前に、改めて自分の立場を考え直しまして」

「……そうか。いい傾向だな」

「お兄様に褒めていただけてうれしいです」

満足げなオスカーの優しい笑顔に、クレアもつられて微笑む。

こうしていると、近い将来に起こる変化は間違いなのではないかという気すらしてくる。

ところで今日、クレアが街を訪れたのは洗礼式後の夜会で着用するドレスを受け取るためだった。

いつもなら仕立て屋さんに屋敷まで持ってきてもらうところだったけれど、クレアのクローゼットには大きな問題が発生していた。

一四歳のクレアは、女の子らしいかわいらしいデザインのドレスやワンピースを好んで着ていた。

フリルは一段ではなく二段三段欲しかったし、リボンだってワンポイントではなくできれば全面的にちりばめられているものが好きだった。

けれど。今のクレアの内面はもう一六歳を超えているのである。いくら侍女のソフィーが似合うと言ってくれても、あのかわいらしい服を着こなすのは精神的に無理だった。

手持ちのドレスのリボンやフリルを取り払って仕立て直すにしても、時間がかかる。ということで、当分の間着られる既製品のドレスを探すため、クレアは兄オスカーに頼み込んで街までやってきたのである。

洗礼式後の夜会のために作ったドレスを受け取り、ショッピングを終えた二人はカフェで休憩をしているところだった。

「お前、今度の旅行先はリンデル島にするんだって？」

（……リンデル島）

カフェでオーダーしたフルーツティーを口元に運ぼうとしたところで、聞き覚えのある言葉が耳に入る。

クレアは思わずそちらを振り向きそうになってしまったけれど、すんでのところで耐えた。

「ああ。綺麗な島だっていうからな。お前は行ったことあるか？」

「まだないな。次の休暇にでも行ってみるか」

会話の主は後ろのテーブルに着いている男性二人組らしい。盗み聞きはいけないと思いつつも、リンデル島という響きについ意識が向いてしまう。

リンデル島は、クレアの母親が生まれた旧リンデル国があった場所だ。一度目の人生でクレアはヴィークたちと島を訪れ、偶然にも本当の洗礼を受けることができた思い出の場所である。

この二度目の人生でも、一年後に王立貴族学院を逃げ出したらまずイーアスの街へ行き、それからリンデル島を訪問して洗礼を受けるつもりだった。

（本当に美しくて、大切な思い出がある島だわ）

「それなら、次の休暇とは言わず時間を作って早めに行った方がいいぞ」

「なぜだ？」

「どうやら、リンデル島で最も美しい聖泉と呼ばれるビーチが近いうちに埋め立てられるらしい。見納めだと聞いて、慌てて旅行先をリンデル島にしたんだ」

（……!?）

思いがけない情報に、クレアは固まった。

（一体、どういうことなの？）

「そうなのか。残念だな」

「だろう？　……時間だ、行くか」

動揺したクレアが動けないでいるうちに、二人はカフェを出て行ってしまった。

（リンデル島の聖泉と呼ばれるビーチが埋め立てられる……？）

「どうかしたのか、クレア」

「……あの……オスカーお兄様は、パフィート国のリンデル島に行ったことはございますか」

「いや、まだないな。ただ、来月パフィート国での式典に参加するためそちら方面を訪れる予定がある。できればそのときに立ち寄りたいと思っているところだ」

オスカーには二人組の会話が聞こえていなかったらしく、のんびりとした回答が返ってきたが、今はそれどころではなかった。

「リンデル島は自然や歴史的な建物を生かした美しい島だと聞いていますが……最近、観光の開発が進んでいるというようなことはあるのでしょうか」

話の向きをすぐに理解したオスカーは、なるほど、というように頷く。

「ああ。あの件か。どうやら、パフィート国で揉めているらしいぞ。リンデル島唯一のビーチを潰そうとしている貴族がいるらしい」

「そんな……！」

（どうして……一度目の人生ではこんな話はなかったわ。あの心を癒してくれる聖泉が消えることもショックだけれど……何よりもこのままでは、王立貴族学院を追放された後に洗礼を受けられなくなる）

クレアにとって、自分が洗礼を受けられなくなること自体は問題ない。

けれど、心配なのは一年と少し後に起こる魔力竜巻である。

（急に王宮に呼ばれたあの日……大国・パフィートの魔術師をもってしても魔力竜巻の浄化は叶わないという見立てだった。ということはつまり）

クレアが魔力を目覚めさせられなければ、世界は大きな被害を受けることになる。

「まぁ、大規模な工事には国王の許可がいる。ましてや、リンデル島唯一のビーチは聖泉と呼ばれるものだ。どんなに力がある貴族の意見だったとしても、そう簡単に埋め立てられないとは思うぞ」

「そう……ですわよね、お兄様」

(……それでも、一年間埋め立てられないという保証はない。知らない間に聖泉が壊されてしまったら、お終いだわ)

「ノストン国内のことだけではなく、他国の事情にも興味を持つことは将来王家に嫁ぐ者として重要なことだ。やはり、少し話をしないうちに成長したな、クレアは」

「……」

「……クレア？　気分でも悪いのか？　冷たい飲み物でも注文しようか」

「いいえ。大丈夫ですわ、ありがとうございます」

急に元気がなくなったクレアを気遣って、オスカーはフルーツティーのお代わりやデザートの注文を勧めてくれる。

しかし、クレアはその全てに上の空で微笑みながら、覚悟を決めていた。

それから少し経って、クレアには一五歳の誕生日が訪れていた。

（人生で二回目の、盛大な洗礼式……）

泉に入るため、靴を脱いだクレアはどこか達観した気持ちで周囲を見回していた。

教会の敷地内にある、洗礼の泉。クレアがこの泉に足を踏み入れるのは二度目である。

クレアを包むざわざわとした立会人たちの中には、マルティーノ家の家族一同はもちろん、婚約者であるアスベルトや国王陛下の姿までもあった。

この場にいる誰もが、マルティーノ公爵家の女傑が今日目覚めるのだと信じて疑わない。

一度目のときは、自分自身でさえも期待に胸がいっぱいだった。

（結果はもうわかっているわ。そして、今の私はそれを望んでいる）

一歩、足を踏み出した瞬間にざわめきが静まるのがわかる。

けれど、クレアは躊躇することなくちゃぷんと音を立てて泉に入った。すると、もわっとした鈍い光が水面から広がっていく。

「これ……は……」

付添人の言葉はそれ以上続かなかった。

当然である。クレアが今ここで目覚めさせたのは、淡いピンク色の魔力だったのだから。

さっきまで熱気に包まれていた教会には、いつの間にか水を打ったように静寂が広がっていた。

そして音もなく、気まずそうに一人、また一人と外へ出ていく。

肩を落とした父親の背中と、それに少し距離を置く国王陛下の後ろ姿。

それに続こうとしつつ、ちらりとこちらに視線を送るアスベルトと目が合った気がしたけれど、クレアにはどうでもよかった。

クレアは改めて泉を見つめると、安堵の声を漏らす。

「……綺麗。こんな色をしていたのね」


期待通りの魔力を目覚めさせられなかったからといって、予定されていたお祝いの夜会がキャンセルになるわけでもない。

先日、兄のオスカーと一緒に街で受け取ったドレスに身を包み、クレアは会場の隅で所在なげに佇んでいた。

一度目の人生で、この夜会は正直なところクレアにとってものすごく堪えた。誰に挨拶をしても、皆一様に愛想笑いを浮かべて去っていくのだから。

しかもそのほとんどが、ついこの前までは我先にと話しかけてきていた相手である。何と声をかけていいのかわからない部分はあるのだろうけれど、それにしても露骨すぎるのではないか。

当時のクレアは傷つきつつ、何とか踏ん張って顔を上げていた記憶がある。

予想通り、今回も全く同じ状況である。違うのは、クレアには内心で苦笑いを浮かべる余裕があるということ。もちろん、表に出しはしないけれど。

（周りに気を遣わせてしまうから、できれば私はここにはいない方が良いのだろうけれど……そういうわけにもいかないわよね）

ちなみに、『王宮の夜会でお会いできるのを楽しみにしております』と言っていたはずのキャロラインも寄ってきてはくれない。

このどんよりとした雰囲気をなんとか変えたいのか、会場には管弦楽の生演奏だけがやけに大きな音で響き渡っていた。

「大丈夫か」

一人で時間をやり過ごそうとしていたクレアに声をかけてきたのはアスベルトだった。

「アスベルト殿下。お気遣い、ありがとうございます」

（この場面でこんな風に声をかけてくるなんて……やっぱり、彼はさすがだわ）

彼の微妙に空気が読めないところをクレアは以前から心配していた。

普通なら、女傑の血統に生まれ、期待される力を持てなかったクレアにはなかなか話しかけられないだろう。

けれど、今のクレアにとっては、この土足で入り込んでくるような無遠慮さが全く嫌ではなくて。むしろ好感すら覚えていた。

（一度目の人生でも……きっとこうだった気がするわ。私はショックを受けていて気づけ

なかったけれど）

「マルティーノ公爵家はこれから大変だな」

「いいえ、まだうちにはシャーロットがいますから。ご心配には及びませんわ」

クレアの言葉に、いつの間にかアスベルトの隣に並んでいたシャーロットが一歩出る。

「クレアお姉さま、元気を出してくださいい」

「私は大丈夫よ。魔力が弱くても、誰かの役に立つことはできるわ」

「お姉さま……」

涙ぐむシャーロットにクレアがハンカチを渡すと、彼女はへへっと笑う。

淑女としては正しい笑い方ではないけれど、愛嬌たっぷりの振る舞いにクレアもつられて微笑んでしまった。

（シャーロットは一体いつから変わってしまうのかしら）

記憶では、クレアの周囲に変化が訪れるのはシャーロットが王立貴族学院に入学してしばらくした頃だった。

仲の良い友人だったはずのキャロラインが離れ、いつの間にかアスベルトの取り巻きにシャーロットも加わるのだ。

そしていつの間にかクレアは孤立していった。

（シャーロットが白の魔力を目覚めさせたのは……決定打に過ぎないのかもしれない

……）

回想に心が暗くなりかけたところで、シャーロットが着ているドレスの胸元の刺繍の色に気がついた。

爽やかなライムグリーンはアスベルトのポケットチーフと同じ色である。

夜会に出席するにあたり、エスコート相手と小物の色を揃えることは決して珍しいことではない。

だが、この二人はそういう関係ではない。むしろ、見方によっては明確なマナー違反と受け取られる場合もある。

（シャーロットはピンクなどのかわいらしい色が好きだったはず。偶然にしては……）

クレアの不思議そうな視線に気がついたらしいアスベルトが、居心地が悪そうに言う。

「私も気がついて変えようとしたんだが……マルティーノ公、クレアのお父上が」

「そうなんです！　さっき、私が準備していたドレスの刺繍の色がアスベルト様のポケットチーフと同じだって気がついて……。でもお父様がそのままがいいって」

「……お父様が。そうだったの」

身分が上であるアスベルトの言葉をかき消すように続けたシャーロットを咎めるものは誰もいない。知らない間に、婚約者を入れ替える準備は始まっているようだ。

（それにしても、この二人……この頃からこんなに仲良しだったかしら）

この先の流れを一度経験しているクレアは、首をかしげてグラスのワインを一口含む。

ノストン国では一五歳になって初めて許されるワイン。やはりまずく感じるのかしら、と警戒していたけれどすんなり喉を通ったことに驚く。

（……飲めるわ）

「何だか、すっかり余裕だな」

「そうかしら？」

「……もっと、こう、打ちひしがれているかと」

思わぬ言葉選びに、クレアはふふっと噴き出した。

目の前には、急に笑い出したクレアを困惑顔で見つめるアスベルトと、ハンカチを握りしめたままキョトンと目を丸くするシャーロットがいる。

一度目の人生では、彼の隣に立ち背筋を伸ばすのは自分でなくてはいけない、と思いいつも張りつめていた。けれど。

「クレアお姉さま……？」

「ごめんなさい。なんでもないの。……でもね、アスベルト殿下には、やっぱりシャーロットが合っているなって」

並んだ二人を見ていると、クレアの口からは自然に言葉がこぼれる。

「……クレア……何を言っているのだ？」

（……しまったわ）

アスベルトはすっかり狼狽えている。きっと、ポケットチーフの色にクレアが怒ったと思っているのだろう。

その様子がまた、記憶に残る血の通わない彼の冷たい横顔からは想像できなかった。

「も……申し訳ございません、殿下。あまりにも並んだお二人がお似合いだったもので、つい」

「お似合い……？」

ますます困惑の色を広げるアスベルトに、クレアは必死に弁解する。ちょうど、大広間に響いていた管弦楽の演奏が止まったタイミングである。

完全に周囲がこちらへと耳をそばだてているのがわかる。

「ええ……次なる我がマルティーノ公爵家の女傑と、王家の関係が深まっていくことは本当に喜ばしいな、と」

「次なる女傑、とは」

「クレアお姉さま……。そんなこと……！」

困惑で目を瞬かせるアスベルトと、なぜか目をキラキラと輝かせるシャーロットが揃ってこちらを見ている。

ちなみに、クレアはお酒に強い方ではない。過去にはヴィークたちとの食事の席で酔っ払い、自分の出自を洗いざらい話してしまったこともある。

（どうしよう、全然弁解になっていない……初めて飲んだワインが回り始めたせいだわ）

その様子を、クレアの父は遠くから憐れみの目で見ていた。

「お呼びでしょうか、お父様」

王宮での夜会を終え、夜遅くにマルティーノ公爵家へと戻ったクレアを待ち受けていたものは、父からの呼び出しだった。

「来たか、クレア。……こちらへ」

「はい、失礼いたします」

朝早くから洗礼式の準備をし、夜会に出席したのはクレアだけではなく父も同じである。話があるなら翌日にすればいいものを、わざわざ深夜に呼ばれたことにクレアは違和感を覚えていた。

（何よりも……一度目の人生ではこんな風に呼ばれることはなかったわ）

これから何の話があるのだろうと警戒しながら、クレアは手で示されたソファへと腰を下ろす。

向かいに座る父親の前には、蒸留酒のグラスとデキャンタがある。ほの暗い父親の書斎に漂うアルコールの香りと重苦しい空気。

（きっと、いい話ではないわ）

一度目の人生では、洗礼式の日の夜は一人で過ごしたはずだった。

王宮から戻ると、いつも通りの使用人たちの盛大な出迎えはなくて。聞くと、先に帰宅した父とシャーロットの指示だったらしい。

あの日、クレアを出迎えたのは専属の侍女ソフィーだけ。湯浴みを済ませ眠りにつくとき、これは父親からの気遣いなのだと頭では理解しつつ、自分のこれからの人生を表しているようでいたたまれなくなった気がする。

感傷に浸りながらも一瞬で状況を察知したクレアを待っていたものは、思いもよらない提案だった。

「クレア。パフィート国の王立学校へ留学しないか？」

「……留学、ですか」

冷静に振る舞うことは得意なはずなのに、声がうわずった。

隣国・パフィートは大国である。友人たちとの会話の話題に上がることはあるけれど、一四歳時点でのクレアは、自分がそこへ行くことなど思いもしなかった。ましてや留学、だなんて。

（予定通り、洗礼式で期待を裏切ったはずなのに……どうして。一度目とどこが違ったというの）

「外の世界を見るのは良いことだ。数年間、大国で勉強をして……ほら、そのうちに、いろいろあるだろう?」

「いろいろとは何のことでしょうか」

「いや、ほら、いろいろだ」

はっきりしない回答に、クレアは父親の目をまっすぐに見据えた。

「……私がこの国にいては、何か問題でも」

「いや、そういうことではないんだ。だが……さっきの夜会でクレアも言っていただろう? アスベルト殿下とシャーロットはお似合いだ、と」

あらためて父の意図を理解したクレアは、自分の失態に心の中でため息をつく。

(そういうこと……。夜会で、私が二人の仲を認める発言をしたのをお父様は聞いていたんだわ。だから、都合よく婚約者を入れ替えようとしている。そのために私がいては世間体が悪いもの)

けれど、二つ返事で了承するわけにはいかない。

なぜなら、クレアが今ここにいるのはあの未来を防ぐためだからだ。それには、シャーロットの側にいて性格がねじ曲がるのを防ぎ、白の魔力で周囲を洗脳することをやめさせる必要があるのだ。

(それに、今ノストン国を出るわけにはいかない。シャーロットのこともだけれど……

ヴィークたちとの関係が変わってしまうわ）

「確かに、アスベルト殿下にはそう申し上げました。けれど、家同士のことを考えて進言したままでです。マルティーノ公爵家に何が求められるかということを考えると、すぐに婚約者を入れ替えたとしても醜聞にはならないのではないでしょうか」

「……このまま、娘が好奇の目に晒されていくのに耐えろというのか」

急に降ってきた悲しげな声。

目頭を押さえて下を向いてしまった父の姿を前に、クレアは唇を噛んだ。

（……お父様は、こんなことを考えていたのね）

クレアの脳裏には、一度目の人生での父の姿が浮かんでいた。

洗礼式を終えたクレアを頑なに外へ出そうとしなかった父。以前は頻繁にあった家族揃っての外出はなくなり、クレアに許されたのは王立貴族学院での暮らしだけ。

たとえ、クレアを名指しした招待があっても、勝手に断りの返事が出されていたことを知っている。

（私は、確かに落ちこぼれだったけれど……そこで立ち止まっていて、自分はどうしたいのかお父様に伝えたことすらなかった）

「マルティーノ公爵家に生まれた者として、期待された魔力の色を持てなかったことは本当に申し訳ないと思っています」

「クレア……」

父の顔が歪む。

「ですが。今私がするべきことは、シャーロットを支えることですわ。幸い、私は幼い頃からしっかりと教育を受けさせていただきました」

(少なくとも、現時点のお父様は私のことを考えてくれている。好奇の視線に晒したくない、と。けれどシャーロットが洗礼を終えた後、私は彼女に付き添って公の場に出ることになるわ。やはり、シャーロットはお父様をも洗脳していたのね)

クレアは家を出たくない、と何とか伝えたかった。しかし、続く言葉に全てを察した。

「それに、シャーロットはクレアと離れた方がいい」

「私と離れた方が、とは……どういうことでしょうか?」

「シャーロットのことは随分甘やかしてしまった。しかし、これからあの子はアスベルト殿下の婚約者になる。よくできた姉が側にいては辛いことも多いだろう」

「懸念はお察ししますが……」

クレアは自分の意見は通らないのだ、と理解した。

(一五歳の洗礼式まで戻ったのはシャーロットの更生を図るためなのに。彼女と離れなければいけないなんて……)

とは言いつつ、父の言葉には心当たりもあり、クレアは視線を床に落とす。

「クレア、お前の気持ちはよくわかった。しかし……アスベルト殿下の気持ちもあるだろう。やはり、マルティーノ公爵家の当主としては留学してほしい」

当主の命令は絶対である。

恐らくこれは国王陛下にも報告済みなのだろう。父が深刻そうにこの話題を切り出した時点でわかってはいたけれど、拒否権はなさそうだった。

「……承知いたしました、お父様。パフィート国への出発はいつになるのでしょうか」

「一週間後だ。急だが、今度式典に参加するため国王陛下がパフィート国を訪問する。それにオスカーが同行するのだが、クレアも一緒に行くといい」

「一週間後……！」

(時間がない……シャーロットのことを側で支えてくれる方は誰が適任かしら)

承諾しながらあらゆる方向に考えを巡らす。と同時に、心の奥である希望が育っていくのを感じては、何とかそれに気がつかないふりをしようとしていた。

——パフィート国の王立学校に行けば、予定よりも早くヴィークに会えるかもしれない。

(けれど、彼は私のことを知らないわ。前とは違い、隣国からの留学生という立場で出会ってしまったら、どうなるか……)

その答えは残酷なほどに明確で。会いたいという気持ちと、再会を怖いと思う感情の二つ。

(今は目の前のことを一つ一つ越えていかないといけない)

クレアは、ひとまずその感情に蓋をしたのだった。

翌日、王宮内のアスベルトの執務室へと向かいながら、クレアは昨夜の父の言葉を思い出して逡巡していた。

(シャーロットがリュイを傷つけたあの夜会で、シャーロットは『自分のことを虐めて楽しいか』と言っていたわ。確かに、小さい頃から良かれと思っていろいろ教えてきたけれど……あの子が歪んでしまったのは、もしかしたら私のせいなのかもしれない)

思えば、あの夜会でシャーロットが暴走したのはクレアが小声で注意したことがきっかけである。

(どうしてもっとうまくやれなかったのかしら)

白い大理石の床を歩きながら、つい癖でいつも懐中時計を入れていた場所を軽く握ってしまう。

スカートの柔らかな生地の中には馴染んだ硬い感触はなくて。久しぶりに訪れる部屋の前で、クレアは口を引き結ぶ。

「失礼いたします」

数回のノックの後、扉を開けるとそこにはアスベルトと彼の側近であるサロモンがいた。

「……ああ、クレア。聞いている。話があるのだったな。隣の応接室で待っていてもらえるか。……サロモン、侍女にお茶を持ってくるように伝えてくれ」

アスベルトがサロモンに命じるのをクレアは遮る。

「いえ、こちらで結構ですわ」

「……？」

アスベルトは、クレアの態度に面食らっているようだ。傷ついた表情と不思議そうな表情の二つを同時に浮かべているアスベルトを見て、クレアは自分の言葉選びを少し後悔した。

（そういえば、まだこの頃は婚約者として仲が良かったわ。……彼は別に悪い人ではないのよね）

反省したクレアは、大人しく隣の応接室に移動してソファに座る。

今日、クレアがアスベルトの元へやってきたのは、他でもなくシャーロットの今後を相談するためだ。

普段のアスベルトは王立貴族学院の寄宿舎で暮らしている。が、休日には王宮に戻って王族としての責務を果たすのが流れだった。

（貴重な時間をもらうのだから、簡潔にお話ししないと）

少ししてお茶が運ばれた後、執務を切り上げたアスベルトがやってきてクレアの向かいにつく。それを確認して、クレアは早速切り出した。

「国王陛下からお聞きかとは思いますが、私たちの婚約解消に関してお伝えしたいことがあり参りました」

「待て。それは今朝聞いたが、私は承諾していない。姉が駄目だったから妹に、などおかしいだろう。クレアが気にする話ではない」

「いいえ。私が、ノストン国のお役に立てないことは明白です。シャーロットでしたら、きっと期待に応えてくれるはずですわ……それに、私たちに個人の意思など許されないこと、殿下こそよくご存じでしょう」

「それはそうだが、しかし……」

　クレアは、まさかアスベルトがこんなに婚約解消に難色を示してくるとは思いもしなかった。

　一年経てばあっさりと婚約を破棄してくれるはずだが、今はそんなに待てない。

「父からは、決定事項だと聞いています。私も残念ですわ……」

「……そうか……」

　情に訴えようとクレアが悲しそうな表情を浮かべると、アスベルトは黙ってしまった。

「それで、私の立場を心配した父が、パフィート国の王立学校へ留学の手配をしているようで」

「何だと。それでは体のいい厄介払いではないか」

　さっきまでクレアに同情していたアスベルトの表情には、怒りが滲んでいる。

「ええ。厄介払いですわ。でも、それはどうでもいいのです。さらに気になることがございまして」

「そんな簡単に……しかし、何だ」

「シャーロットの教育係ですわ。当然ですが、これまでマルティーノ家ではシャーロットに王妃教育を施してきませんでした。我が家のかわいい末っ子ですし、私がパフィート国に行った後、父がきちんとした教育係を付けるとは思えません」

これは、一度目の人生を振り返っても明白な事実だった。クレアが今日わざわざアスベルトに会いに来た理由はただ一つ。

シャーロットが道を外さないよう、しっかりとした教育係を手配してもらうためである。

（誰かに任せるのは心苦しいけれど……そもそも、シャーロットは私と一緒にいない方がいいのかもしれない）

「……家ではわがまま放題に育ててしまったから、王家に頼りたい、と」

「そうとも言いますわね」

クレアはニコッと微笑んで続ける。

「でも、少しわがままですが、自由奔放でかわいい子ですわ。これまでは私が少しずつ注意していたのですが、これからはただの姉が未来の王妃殿下に意見をするわけにはいきません。シャーロットの性格上、教育係はよく褒めてくださる朗らかなお方がよろしいかと」

「相応しい教育係の名を具体的に出せるか」

「……聖女・アン様が適任では、と」

「……なるほど」

アスベルトの目配せに、背後で控えているサロモンが頷いた。

「アン様は私たち姉妹の叔母にあたります。しっかりとした淑女教育を受けておいでのうえに、白の魔力を持ち現在この国を守る聖女様でいらっしゃいますわ。シャーロットの良き相談相手となってくださるでしょう。けれど、我がマルティーノ公爵家からの依頼ではいけません。父は妹に甘いですから、背後には王家がある必要があります」

「そういうことか」

「……ご存じの通り、シャーロットは殿下のことを慕っております。初めは彼女にとって辛いことも多いかもしれませんが、殿下の励ましがあればきっと大丈夫ですわ」

アスベルトは、意外そうな表情を浮かべてこちらを見ている。

「しかし……クレアはそれでいいのか」

「いいも何も、元から私は殿下とシャーロットがよくお似合いだと思っています。シャーロットは大切な妹です。私のことを憐れに思うのでしたら、彼女を大切にしてください。寂しがりやなのでまめにお手紙を書いて、時間があればお茶に付き合ってあげてくださいね」

「……ああ」

クレアは、アスベルトの目を見つめて微笑んだ。

アスベルトの目にはまだ困惑の色が浮かんだままだが、彼の性格から推測するに、きっと明日にはあっさり切り替えていることだろう。

「……私は……クレアのことを本質的に理解していなかったようだ。ただ美しく高貴で、王妃に相応しい資質を備えた欠点のない人物だと思っていた。……実は、昨日の洗礼式では少し安堵してしまった。これ以上先を行かれなくて済む、と。そのことを心から恥ずかしく思う」

「私は正直なところ、肩の荷が下りた気がしますわ。この国と殿下のお役に立てないことは残念ですが……これからは、自分の人生を歩みたいと思っています」

「……健闘を祈る」

「……！」

目の前のアスベルトから手が差し出されて、クレアは目を瞬かせた。

「ありがとうございます。殿下にも、ご多幸を」

軽く手を握り返しながら、クレアはアスベルトに微笑みかける。頬が少し染まって見えるのは、この部屋の日当たりが良くて暖かいせいだろうか。

（この人もまた、国を背負っている。どうかいい方向に行きますように）

そう願って、クレアは王宮を後にしたのだった。

その日の夜、クレアはシャーロットの部屋を訪ねた。

「シャーロット。少し話がしたいのだけれど、いいかしら？」

「どうしたんですか、クレアお姉さま」

シャーロットの部屋に招き入れられたクレアは、ソファに座って妹をまじまじと見つめる。

一四歳になったばかりのシャーロットは、記憶にあるあの夜会での彼女と比べて大分幼かった。

「シャーロット。実はね、私、パフィート国へ留学することになったの」

「えっ⁉　留学⁉　本当ですか、それは」

シャーロットの声はいやに大きい。

「ええ。昨日の洗礼式を見て、国王陛下とお父様が決めたようなの」

「そんな……。一体どういうことですか。私、そんなの知らないわ」

「この国にいるよりも、外で居場所を見つけなさいということなのだと思うわ」

「では、お姉さまは私が王立貴族学院に入学してもいらっしゃらないと。一緒に通えるのを楽しみにしていたのに、そんな……」

シャーロットは残念そうに肩を落としている。

「これから、アスベルト殿下にお仕えするのはシャーロット、あなたよ」

「えっ……私が！」

「私が側にいて支えてあげられないのは残念だけれど……困ったことがなくても、いつでも相談してね。毎日手紙を書いたら迷惑かしら」

「そんなこと！　クレアお姉さま……私もお手紙を書きます……すごく寂しいです」

ぎゅっと抱きついてくるシャーロットの頭をクレアは撫でた。小さな頃からずっと守ってきた、かわいい妹。このふわふわの髪に触ったのも久しぶりのような気がする。

（このシャーロットがいろいろな画策を図るなんて、今でも信じられないわ。でも、この子が大好きなアスベルト様のお側にいられること、そして私と離れることで未来は変わるかもしれない）

その夜、クレアとシャーロットはたくさんの話をした。王立貴族学院での暮らしについての話や、アスベルトの話。シャーロットの口からは彼女が知らないないはずの同級生の貴族令息の話まで飛び出して。

なぜこんなに詳しいのか、とクレアは不思議だったけれど、昨日の洗礼式後の夜会で二人が並んだ姿を思えば不自然ではないことに気がついた。

（シャーロットはきっと個人的にアスベルト殿下とやり取りをしていたのだわ）

久しぶりの姉妹での楽しい時間を終えて、クレアは自室に戻る。

おやすみなさいを告げたシャーロットの顔には、まだ困惑の色が残っていたけれど。

それを急に王子殿下の婚約者に据えられたことへの不安と思ったクレアは、もう一度シャーロットを抱きしめたのだった。

# 第五章

それから一週間後。

クレアは兄オスカーたちの使節団に同行してパフィート国に向け旅立った。

一度目の人生では王立貴族学院から逃げ出す形でパフィート国へ向かうことになったけれど、今回は正式な留学生という立場である。

マルティーノ公爵家からは侍女・ソフィーの同行が許され、パフィート国では住まいとして王立学校近くの屋敷が手配されているらしい。

(学校周辺や城下町のことはわかるし……少し楽しみ)

途中、宿泊地を挟みながら行程は中間地点のリンデル島まで差しかかっていた。今夜の宿泊は偶然にもリンデル島である。

この地ではパフィート国からの迎えと合流する予定になっている。その関係でかなりスケジュールには余裕があった。

(こっそり洗礼を済ませてしまいたいわ。オスカーお兄様は埋め立てられるまで時間がかかるだろうとおっしゃっていたけれど……いつどうなるかわからないもの)

「噂(うわさ)には聞いていたが、本当に素晴らしい島だな」

兄の言葉に、これからのことを考えていたクレアは慌てて顔を上げる。

「本当ですね、オスカーお兄様」

爽やかな空の青と、ぽかぽかした春の陽気。リンデル島の歴史を感じさせる古びた石畳と、島じゅうに咲き乱れる花々は一度目と全く変わらなくて。

リンデル島に降り立ったノストン国の使節団一行は、その美しすぎる風景に目を奪われていた。

「クレア、疲れてはいないか」

「大丈夫ですわ。ありがとうございます」

洗礼式後、オスカーはクレアに冷たくなるはずだった。

けれど、不思議なことに今のところそんな素振りは全く見られない。以前と変わらず優しい兄の姿に、クレアは正直なところ戸惑いを隠せないでいた。

(留学のこともだけれど……変だわ。オスカーお兄様は使節団への同行すらいい顔をしてくださらないかもしれないと思ったのに)

と同時に、洗礼を受けに行くタイミングを見計らってもいた。

聖泉は城の裏手にある。夜にこっそり行くことも考えたが、暗闇にあのオーロラらしきものが出現するとすぐに洗礼を受けたとバレてしまうだろう。

できるだけ、日中に一人で行きたいところである。

「今日はこの島は貸し切りになったと聞いている。クレアは花が好きだっただろう。ここもももちろん綺麗だが、城の裏手はもっと素晴らしいようだ。先方が到着するまでまだ時間がある。少し散歩でもしてきたらどうだ」

「！」

（花を見に行くというのは、いい口実かもしれない）

「ありがとうございます、お兄様。そうしますわ」

「すまないが、私はここを離れられない。……おい、だれか護衛に」

オスカーが護衛をつけようと騎士に声をかけるのを、クレアは慌てて制止する。

「一人で大丈夫です。今日はこの島をパフィート国が貸し切ってくださっているのでしょう？　危ないことなんて、何もありません」

「……それもそうか」

兄は納得してくれたようだ。クレアは胸を撫で下ろして、目的の聖泉へ向かったのだった。


クレアは、懐かしい海岸に立っている。

周囲には誰も見当たらず、静か。

潮の香りに交ざるほのかな甘さは周辺に咲いている花の香りなのだろう。ネモフィラに、ゼラニウム、アネモネ。ひんやりとした風に、暖かな日差しが心地いい。

（一度目のときは、ヴィークがキースたちと水遊びをしていたのよね。……まだ寒いのに）

一年後の風景を思い出して、クレアは一人でくすくすっと笑った。

靴を脱いで裸足（はだし）になると、さすがに足元が冷たい。波打ち際へと歩きながら、素足にサラサラの砂がまとわりつく感触の懐かしさに頬が緩んだ。

（とても綺麗）

目の前では、寄せては返す波の動きが太陽に反射して水面がキラキラと輝いている。

この美しさを独り占めしているという特別感も手伝って、クレアは神聖な空気に包まれている感じがしていた。

いよいよ波際に立つと、大きな波がざあっとやってくる。

足首までを濡（ぬ）らす、懐かしい感覚。波に足が取られそうになるのと同時に、快晴だった空が一層明るくなった。そこから降り注ぐ、幾千の光。

昼間のせいでよく色が見えない。けれど、降りてくる光の一粒一粒が、不思議な色をしている。

（一度目のときはオーロラが現れたと思ったけれど……あらためて見ると、光の粒自体がたくさんの色を包んでいるのだわ）

クレアに降り注ぐ光のシャワーはほんの一瞬で収まった。

（……少しだけ、体が重くなった気がする）

けれど、他に体調に目立った変化は見られない。前回は気を失ってしまったけれど、今度は問題なく体が動かせた。

「……本当に、洗礼は終わったのかしら」

気になって、クレアは体の表面に魔力をまとわせた後、自分に加護をかけてみる。

魔法が満ちていくしばらくぶりの感覚は、至っていつも通りである。

（……うん、いつもと同じ。きっと問題なく洗礼は済んでいるわ）

聖泉が埋め立てられてしまう前に無事洗礼を済ませられたことにホッとしていると、聞き覚えのある声がした。

「今日、この島はパフィート王家の使いの者以外立ち入り禁止だが、許可は得ているか」

（……！）

少し離れた道沿いからかけられたものなのだろう。声の主は、まだこの海岸に下りてきてはいない。

けれど、クレアがこの響きを聞き間違えるはずはなかった。

逸（はや）る気持ちを抑えて、海岸とは反対の、道の方へとゆっくり視線を上げる。

そこに見えたのは四つの懐かしい影。

太陽に透けてきらきらと輝く髪に、見慣れた背格好。まだ距離があって瞳の色までは確認できないけれど、クレアが彼の姿を見間違うはずはない。

「どうして……」

そう呟いたきり、言葉が続かなかった。

けれど、四人はどんどんこちらに近づいてくる。クレアは、自分が裸足のままということも忘れて立ち尽くしていた。

「ノストン国の使節団の方じゃないの、ヴィーク」

久しぶりに聞く、リュイが主君を呼ぶ声。最後に見た青白い顔が思い浮かぶ。

彼らは海岸を下ってクレアの近くまで来ると、少し距離を置いて止まった。

「わぁ、すっごくカワイイ。お名前は?」

人懐っこい笑顔で話しかけてくれたのはドニだった。けれど、その後ろにいるリュイとキースの表情には穏やかながらも少しの緊張が覗いている。

そして、その奥に立つのはヴィーク。記憶にある彼に比べて、幾分背が低い気がする。加えて、幼さを残す少年のような顔立ち。けれど、透き通った翡翠(ひすい)色の瞳に柔らかい優しさは見えない。

(まさか……会えるなんて……)

予想をしたことはあったものの、自分に向けられた部外者に対する警戒感は思ったより

も辛くて。クレアは目を擦って、ドレスの裾をつまみカーテシーをした。

「私はノストン国マルティーノ公爵家のクレア・マルティーノと申します。本日は、使節団の一員として参りました。勝手に立ち入りまして、申し訳ございません」

「そうでしたか。こちらはパフィート国のヴィーク殿下です」

キースの言葉に、クレアは軽く微笑む。

「存じております。本日はお目にかかれて光栄にございます」

「光栄、か」

どこかひねくれたようなヴィークの返答に、クレアは目を瞬かせる。

(何かおかしなことを言ったかしら、私は)

「もしかして、あなたか。ノストン国からパフィート国の王立学校に留学するという、ノストン国公爵家の息女は」

「はい。決まったのは最近で急なことだったのですが……。もう殿下のお耳に入っているのですね」

ヴィークの表情は一応穏やかに見えるが、その声色にクレアが知る温かさはない。

けれど、そのことにクレアがショックを受ける余裕がないほどに、驚きの答えが返ってきた。

「ああ。ノストン国王家から、賓客として王族に準じる対応をしてほしいとの急な要請があってな。住居として王宮の一角をあなたに使ってもらえるよう、手配を進めているところだ」

（……!? 賓客として、王族に準じる対応？）

「何だ。知らなかったのか」

予想外なことに目を白黒させているクレアの様子に気がついたらしいヴィークが、毒気を抜かれたように頭を掻いた。

（……アスベルト殿下だわ！）

「分不相応なお願いをしまして、申し訳ございません」

頭を下げながら、最後に執務室を訪問したときのアスベルトの表情をクレアは思い出す。ほんのり頬が染まり、必要以上に同情してくれているように見えたのは、どうやら気のせいではなかったらしい。

（アスベルト殿下は元婚約者として最後にできることをしてくれたのよね。斜め上で……彼らしいわ。……だけど！）

「父からは、王立学校近くの屋敷を執事や護衛とともに手配していると聞いておりました。パフィート国の王宮に居を構えるなど、私にとっては身に余る厚遇にございます。どうか、お忘れくださいませ」

するとクレアをじっと観察していたヴィークの表情が少し緩んだ。

「……裸足、か」

「裸足、だね？」

「裸足、だな」

ヴィークの言葉にドニとキースが続く。リュイは何も言わずに微笑んでいるだけである。

クレアは、四人の視線を辿（たど）って自分の足元を見つめる。

（……あ！）

洗礼を終えたばかりのクレアは、まだ裸足だった。しかも、足首には少しの海藻と砂がまとわりついている。さっきまで海に入っていたのは明白だった。

「……こんな格好で失礼いたしました。これはつい……入ってみたくなったと言いますか、何と言いますか。普段はこんなことは決して」

まるで言い訳のようになってしまった。待ち望んでいた彼らとの出会いが、こんな格好だなんて。いたたまれなさで顔が熱くなる。

「……今日はいいお天気だもんね？　よし、僕らも！」

「うおっっ！　何するんだよ、ドニ！」

クレアが真っ赤になって恥ずかしそうにしているのに気がついたドニが、キースの手を引いて波打ち際に走り出す。

大柄なはずのキースはなぜかあっという間に海の中へ引きずり込まれてしまった。

浅瀬ではしゃぐドニと、大人しく水をかけられるキース。これは、以前にも見た光景である。その二人の姿を眺めていると、隣に知った気配が並ぶのがわかり、クレアは唇を引き結んだ。

「こんなに急に留学が決まったことに加えて、身の振り方のすり合わせも終わっていない状態で送り出されたのか」

「少し行き違いがあったようです。ご迷惑をおかけして申し訳ございません」

「……そうか。賓客対応の留学生が来るという話を聞いたときにも少し思ったが、特別な事情がありそうだな」

「ふふっ。訳ありなのですわ、私は」

そういえば、一度目の人生でイーアスの街で出会ったときも彼とこんな会話をした記憶がある。それが懐かしくて、自然と笑みがこぼれた。

ざぁっ、という繰り返す波の音に交ざる、楽しげなドニの声とそれに付き合うキースの呆れたような声。

潮の香りと、しっとりした砂の感触、波の揺らぎに合わせて光る水面。

(こんなに早く会えるなんて、思わなかった。けれど、私たちの関係は一度目の人生とは確実に違ったものになっていく……)

現に、ヴィークはクレアのことを『友人』ではなく『賓客』と認識しているようである。

自分で選んだ道とはいえ、それがとてつもなく寂しい。

クレアの沈んだ気配を察知したのだろう。ヴィークの向こう側からリュイが微笑んだ。

「このビーチは、旧リンデル国の教会があった場所なんです」

「……そうなのですか」

「はい。海に囲まれた旧リンデル国の神は、海の女神。この海岸は、人々の心を癒す聖泉とも呼ばれていました。悲しい歴史があってリンデル国はなくなってしまったけれど、ここがとっておきの場所なのはいつの時代も変わらないことです」

(なぜか元気がない私に気がついて、励まそうとしてくれているんだわ)

知っているのと同じリュイの優しさに、クレアのざわざわとした心が落ち着きかけたとき。

「そうだな。ここを埋め立てるなんて、ありえない」

(……!)

ずっと詳細を知りたかったことがヴィークの口から語られて、クレアは目を見張る。

「あの……この海岸を埋め立てるという話は本当なのでしょうか」

「ああ。やはりノストン国でも知られているか。我が国のある貴族が、防衛上の問題でここを埋めて崖にするべきだと言い出した。ありえないと即刻一蹴できればよかったんだが。

……言い出したのがかなり力のある貴族で、少し揉めている」

「その、貴族とは」

「我が国のミード伯爵家だ」

「……！」

（ミード伯爵家って……！）

クレアは息を呑んだ。一度目の人生、クレアに禁呪『魔力の共有』を放って失敗した彼の名は、ディオン・ミード。ミード伯爵家とは彼の家なのだ。

（私が知っている未来とは違う……それに関わるのが、ミード伯爵家。偶然にしてはできすぎているのではないかしら）

「わざわざ聖泉を潰そうだなんて、どうして……」

クレアの呟きにヴィークは答えない。これ以上は他国からの留学生に話す話題ではないというのは、クレアにもわかりきっていた。

微妙な空気に気がついたリュイが自然と話題を変えてくれる。

「……クレア嬢の加護は、とても綺麗で良質なものですね」

「ありがとうございます」

「流れが心地よい。きっと先生がいいんですね」

クレアの加護は、王立学校の魔術師ではなく、リュイに教わったものである。

一度目の人生、ディオンが持つ魔力の共有に対抗するために、リュイが付きっきりで訓練してくれたのだった。

「……とても、大好きな先生なんです」

そう答えて瞳を見つめると、リュイは何も言わずに優しく微笑んでくれた。

「年齢から見て、クレア嬢は洗礼式を終えたばかりではないのか」

ヴィークの問いに、クレアはぎくりとした。

本当の洗礼はたった今終わったばかりである。けれど、当然ここは話を合わせておくべきなのだろう。

「はい。ですが……加護に関しては、身を護るため先生に厳しく教えていただきました」

「そうか。ノストン国の先生と離れて心細いだろう。パフィート国の王立学校には優秀な魔術師がたくさんいる。何でも相談するといい」

「……ご助言、ありがとうございます」

何とか微笑んでみせたものの、彼の言葉は『ただの同級生の一人にすぎない』という至極当たり前のことを示していて。胸の奥がちくりと痛む。

「そろそろ戻らない？　僕、着替えたいな」

ちょうどそこでびしょ濡れになったドニとキースが引き揚げてきた。

「リュイ、服、取り換えてよ」

「嫌」

「……ふふっ。女性ものの服はいくら何でも」

変わらないリュイとドニの関係に安心してクレアがくすくす笑うと、リュイ以外の三人が固まった。

「出会ったばかりでリュイを女性騎士だと見抜いたのはクレア嬢が初めてだな」

「うん。僕なんて、幼なじみなのにずっと男の子だと思ってた。社交界デビュー前のお茶会に、リュイがドレスを着てきたときのあの衝撃は忘れられない」

「……戻ろうか、クレア嬢。足元が悪いから気をつけて」

リュイはヴィークとドニの会話を無視してクレアの手を取り、先導する。

「ありがとうございます」

クレアも満面の笑みで応え、続いていく。

リュイに連れられて海岸を上るクレアを、少し距離を空けてヴィークは眺めていた。

「キース。ノストン国公爵家からの留学生は思っていたものと違うようだな」

「……だな。てっきり、特別扱いを要求するわがままなお嬢様かと思っていたが。いい子そうじゃないか?」

「……」

ヴィークは何も答えずに、歩みを速めたのだった。

三日後。クレアは、パフィート国の王都ウルツに到着した。

王宮ではこれから歓迎の昼食会が行われるらしいが、ただの留学生であるクレアには関係がない。馬車から降りる準備をしながら、クレアはこれからのことを心配していた。

(王都ウルツでの屋敷の手配の件をお兄様に聞いたのだけれど……はぐらかされてしまったわ)

先日、リンデル島の海岸でクレアはアスベルトの行きすぎた厚意を知った。『王族に準じる賓客対応』とは一体どういうことなのだろう。立場をなくした元婚約者を思っての気遣いはありがたいが、一介の留学生の分際で王宮の一角に置いてもらうことなどありえなかった。

ため息をつきながら馬車を降りたクレアの目に飛び込んできたのは、記憶と変わらない佇まいの王宮である。

(またここに来られたのはとてもうれしいけれど……)

はるか遠く、前方には出迎えに訪れたパフィート国王の姿が見える。その傍らに立つのは当然、ヴィーク。クレアが知っている彼よりも幾分幼く見えるけれど、今は凛とした第一王子の顔をして任務に就いている。

一度目の人生では当たり前のように側に立ち会話をすることが許された。しかし、今回はそうではない。

（どんなに辛くても、これは私が自分で選んだ道だわ）

俯くことなく、彼の姿を見つめていると。

ふと、一人の青年の姿が目に留まった。

（あの方は……どなたかしら）

一度目の人生で、第一王子の婚約者であり王宮内に部屋を持っていたクレアは、パフィート国の要人のほとんどを知っている。

ノストン国で王妃教育を受けながら育ったクレアは、そこで教わったのと同じようにパフィート国でも各名門の力関係や得意分野などを自然と把握するようになっていた。

けれど、パフィート国王の傍ら、ヴィークが立っているのとは反対側に知らない顔があるのだ。

パフィート国王やヴィークとは違う、赤みが強いブロンドの髪が目を引く。年の頃はヴィークよりも四、五歳ほど年上といったところだろう。

服装や身につけた勲章からは、相当身分が高い人物だということが窺える。

（国王陛下の側に立たれるほど身分が高いお方を存じ上げないはずがないのだけれど……）

困惑していたクレアは、そこで聞こえてきたヴィークから彼への呼びかけに固まった。

「兄上」

（……兄上？）

ヴィークに兄はいないはずである。クレアの戸惑いとリンクするように、歓迎ムードに包まれたざわめきは不自然に消えていく。

会話を交わす本人たちはにこやかなのに、まるで周囲が張りつめてその成り行きを見守っているようだった。

「兄上、留守をお引き受けくださり感謝申し上げます」

「ご無事に戻られて何よりです、ヴィーク殿下」

呼びかけは親しげに聞こえたのに、交わされる言葉はどこかよそよそしい。

（ヴィークにお兄様はいないはずよ。一体どういうことなの）

「……クレア」

クレアが振り返ると、そこにはいつの間にか前方からここまで下がってきていた兄の姿があった。

「オスカーお兄様」

「今、ヴィーク殿下と話されているのは、第二王子のオズワルド殿下だ。複雑な事情があると聞いている。立ち回りには注意するように」

「……承知いたしました」

聞きたいことはいろいろあるものの、今はそのタイミングではないし、少なくともこれは一度目とは変わらない現実のはずである。クレアが口を噤むと。

「私は国王陛下と一緒に昼食会へ参加する。クレアは先に部屋へ」

「……部屋？」

嫌な予感がする。

すると、オスカーの背後から数人の使用人が顔を出した。

「今日からこちらで過ごされる、クレア・マルティーノ様ですね。お部屋は離宮にご用意してあります。ご案内を」

「……！」

反射的に、クレアは兄の顔を見上げる。

「これはアスベルト殿下からの最後の贈り物だろう。受け取りなさい」

（……そんな）

クレアは意に反して王宮内に部屋を持つことになってしまったようである。


「クレアお嬢様、おはようございます。目覚めの紅茶をお持ちしました」

「ありがとう、ソフィー。不便はない？」

「不便も何も！　お嬢様、本当に素晴らしいお部屋をいただきましたね。進言してくださったアスベルト殿下に感謝を申し上げなくては」

「……そうね」

翌朝。ここはマルティーノ公爵家なのではと思うほど自然に自室へと入ってきたソフィーに、クレアは微笑んだ。

クレアに割り当てられたのは、王宮の敷地内に点在する離宮の部屋の一つだった。『部屋の一つ』といっても、クレアが一度目の人生で与えられた部屋とは随分訳が違う。

まず、エントランスの扉を開けるとそこに天井が高く広いロビーがあり、そこから二間続きの主室、護衛や侍女用の部屋に割り振られる造りになっている。

さらに簡単な調理スペースまであり、ソフィーと二人でこの国にやってきたクレアには、随分と贅沢（ぜいたく）な部屋だった。

（王族に準じた賓客対応、ね）

思い返して、あまりのことにまたため息が出る。

アスベルトとシャーロットが良い関係を築くためにクレアを国外へと出しながら、この待遇を求める。完全にちぐはぐすぎて、頭痛がした。

ちなみに、昨日ソフィーが聞いてきた話によると、この離宮には高位の魔術師や特殊な技能や知識を必要とされる専門職たちが居住しているらしい。

そのため警備は厳重に行われているけれど、王宮の中心からは離れた場所にあり気楽に過ごせそうなのは唯一の救いでもあった。

「お嬢様。今日のお召し物はいかがなさいますか」

「自分でできるから大丈夫よ。ありがとう」

クレアはソフィーを下がらせると、ベッドから下りて繊細な刺繍が施された豪華なカーテンを開けた。

そこに広がるのは、王宮の裏庭の美しい風景。造り込まれた庭園とは違い派手さはないけれど、木々には少しずつ春の新緑が芽吹き始めている。

(……この、穏やかな朝の空気。少しだけ戻ってきたという感じがするわ)

窓を開けて、ゆっくり深呼吸をする。当初の予定とはいろいろなことが違いすぎてしまっているけれど。

とにかく、やるしかない。そんな気がしていた。


「今日は一〇年に一度の式典の日ということですが……見に行かれますか、お嬢様」

朝食を終え、勉強をしていたクレアのところに再度ソフィーが顔を出す。

今回、ノストン国王やクレアの兄オスカーがパフィート国を訪問しているのは、今年建国してから節目の年を迎えるパフィート国の建国記念式典に参加するためだ。

当然、クレアは招待を受けていないため、式典に参加することはできない。けれど、一般客として観覧することは可能だった。

（ノストン国からの賓客として認識されている私がこんな日に出歩くと言ったら、きっと護衛がつく。迷惑をかけないように大人しくしていた方がいい）

「いいわ。人混みに出歩いて迷惑をかけるのは申し訳ないし」

「そうですか。ご案内します、とおっしゃる方が来てくださっているのですが。お断りしてしまって大丈夫でしょうか？」

「案内……？」

ソフィーの発言にクレアは首をかしげた。

「はい。パフィート国第一王子の側近でいらっしゃるリュイ・クラーク様がいらしておいでです」

「！」

がたん、とクレアが立ち上がるのと同時に、ソフィーの背後から流れるような黒髪が見えた。

「こんにちは、クレア嬢。もし良かったら式典が始まるまでの時間、城内を案内したいのですが。時間はありますか？」

「す……すぐに準備をいたしますわ！」

思いがけない誘いに、クレアは声を弾ませて答えたのだった。

「離宮から王宮の中心部へ行くには、この裏庭を通っていくと近いです」

式典の会場へと向かいながら、リュイが王宮内の案内をしてくれている。

「教えてくださってありがとうございます。助かります」

この城は広い。裏庭まではさすがに手入れが行き届いていなくて、小道には雑草が生えていた。

その、所々ふかふかとした石の上を歩く。木漏れ日と、草の匂いが何だか懐かしい。

（でも、どうして一〇年に一度の式典の日に私の案内なんて……。今日はリュイも忙しいはずなのに）

クレアの視線に気がついたらしいリュイは、涼しげに笑う。

「せっかくパフィート国にいらっしゃったのです。留学生ということでしたら、経験できるものは全て見ておくべきかと」

「……！　おっしゃる通りですわ。お心遣い、感謝いたします」

きっと、これは『賓客』へのもてなしの一つなのだろう。リンデル島の海岸でリュイが見せてくれた気遣いも思い出されて、クレアは頭を下げた。

今日は一〇年に一度という節目。昼過ぎにはノストン国以外からも要人を招いた盛大な式典があり、その後に城下町をルートとした建国記念パレードが行われる。

最後には王宮内のバルコニーに王族が揃う、華やかな日だ。

　式典まではまだ時間があるとはいえ、王宮の様子は当然いつもと違う。中心部まで行くと、たくさんの人が行き交い、音楽のリハーサルが聞こえてきた。

「あの……リュイ……様は、私のことを案内していていいのでしょうか？　お忙しいのでは」

「今日は、初めからこのことも予定に入れて動いています。どうかお気になさらず」

　さらっと言ってのけたリュイの横顔はいつもと変わらなくて。クレアには、こんなに些細なことがうれしかった。

（……あ）

　王宮の正面の広場まで来たところで、クレアはヴィークの姿を見つけた。

　今日の流れを確認しているのだろう。キースやドニと一緒に何やら紙を覗き込んでいる。

そして、その隣にはもう一つの影があった。

「オズワルド殿下……」

　クレアの呟きに、リュイが驚いたような表情を浮かべる。

「よくご存じですね。オズワルド殿下はあまり国外では知られていないはずなのですが」

「兄に聞きました。これからお世話になるのですから、パフィート国のことは何でも勉強しますわ」

「では、ヴィーク殿下の兄上なのにどうして第二王子なのかとお思いになったことでしょう」

「……その通りです」

昨日の困惑を見透かされているようで、クレアは口ごもる。

「パフィート国でも、ノストン国と同様に王位継承権は正妃の子が優先です。ですが、側室の子が先に生まれた場合、第一王子は側室の子になります」

「ではなぜ……」

クレアの問いに、リュイは少しひそやかな声になった。

「オズワルド殿下は少し特殊です。元々、現国王陛下の子供はヴィーク殿下しかいなかったのですが……数年前、万一の場合を危惧した国王が、臣下に下賜した側室の子を呼び戻しました。それがオズワルド殿下です。ヴィーク殿下が第一王子として周知されていたので、彼はヴィーク殿下より四歳年上ですが第二王子に」

「そのような事情があったのですね」

初めて聞く情報に、クレアは驚きでそれ以上の言葉が出ない。

「パフィート国はどうだ」

声がした方を見ると、少し遠くで話していたはずのヴィークがそこにいた。クレアは慌てて背筋を伸ばし、膝を曲げ挨拶をする。

「ヴィーク殿下、今日という素晴らしい日にお祝いを申し上げます」

「不便はないか」

「全くございません。本当に良くしていただき、ありがとうございます」

「それはよかった」

ヴィークは気遣うような言葉をかけてくれ、さらに満足そうに頷く。けれど、その声色も表情も友人へのものではない。

ちょうど、午前中の日差しに光る髪と、吸い込まれそうなエメラルドグリーンの瞳。目が逸らせないけれど、今のクレアが不躾に見つめていい相手ではなかった。

（寂しいけれど、これは私が選んだのよ）

クレアは、何度目かの矜持を心の中で確認する。けれど、その静寂に踏み込んだのはヴィークの隣にいたオズワルドだった。

「パフィート国の第二王子、オズワルド・アトキン・パフィスタントといいます。よろしく」

ヴィークとの会話を見守っていたらしい彼からの挨拶に、クレアはもう一度丁寧にカーテシーをする。

「ノストン国から留学生として参りました、クレア・マルティーノと申します」

「留学生は我が国の第一王子と同じ年齢ですか。王立学校では同級生ですね」

「本当に光栄なことですわ」

ヴィークの髪がプラチナブロンドなのに対し、オズワルドの髪色は赤みが強い。そして瞳の色も薄い碧をのぞかせるグレー。

兄弟というにはかけ離れた外見だけれど、クレアに向けられた上品な笑顔はヴィークそっくりだった。

(お兄様だけど、第二王子……)

そこには、マルティーノ公爵家以上に複雑なきょうだいの関係が透けて見えて。

昨日、ノストン国からの一行が王宮に到着した後、二人が簡単な言葉を交わすのさえ周囲は緊張して見守っていたことを思い出す。

(でも、何だか……)

クレアは違和感を覚える。ヴィークとオズワルドは形式的な関係になっても仕方がないのに、オズワルドが時折ヴィークに向ける視線がとても穏やかで優しいのだ。

「今日は特別な日です。どうぞお楽しみください」

「ありがとうございます、オズワルド殿下」

(彼がどういう立場の方かはよくわかったわ。でも、どうして彼は未来にいないの)

ヴィークはクレアに兄の話をしたことなど、ない。

それどころか、複雑な背景など微塵も見せたことがなかった。

「あなたは我が国の大切な客人だ。何か困ったことがあればいつでも相談を」

「感謝申し上げます」

クレアの畏まった答えにヴィークはよそ行きの上品な笑顔で微笑むと、颯爽と向こうへ行ってしまった。

寂しさを感じつつも、クレアは疑問をリュイにぶつける。

「リュイ……様」

「どうかされましたか」

「オズワルド殿下には他国に婚約者がいらっしゃる、というようなことは」

「ないですね。まず、国の慣習として第一王子の婚約が先に決まった後でないと」

「……そうですか……」

他国の姫と婚姻を結んで国外に出たのではと一瞬思ったけれど、すぐに否定されてしまった。

そして、これ以上突っ込んで聞くことは不可能だと判断したクレアは話題を変える。

「式典前の雰囲気は随分楽しませていただきました。大体の場所も覚えましたので、案内はここで結構です。ありがとうございました」

クレアの言葉に、リュイは意味深に微笑む。

「……ノストン国の王子殿下からは丁重に扱ってほしいという要望を聞いています。表向きは元婚約者と伺っていますが、変わらずに特別な立場の方なのではと」

「いいえ。私の身を守ってくださる精霊に誓ってもそのようなことはございません。……今日は本当にお忙しいでしょう？　私には師に教わった加護がありますし、一人でも大丈夫ですわ」

クレアはリュイの仕事の邪魔をしたくなかった。頑なその様子にリュイは少し不思議そうにしながら承諾する。

「承知いたしました。では、私はここで」

「今日はありがとうございました。お忙しいのに……とてもうれしかったです」

改めてお礼を伝えるクレアに、リュイはふふっと表情を崩す。

つられて、クレアも微笑んだ。全てを見透かすようなリュイの冷静で優しい視線にぶつかって、間ができる。

「本当は、この案内は他の者を寄こしてもよかったのです」

「……え?」

「ですが……リンデル島でお会いしたとき、あなたの加護が本当に綺麗だったもので、一度ゆっくりお話をしてみたいと思ってしまいました」

目を瞬かせるクレアに、リュイは続ける。

「私の家は魔力に縁がある家です。皆、上位の色を持っています。加えて、使い方や知識にも優れています」

「そうなのですか……」

それは、クレアが一度目の人生でとっくに知っている情報だった。けれど、リュイが同じように話してくれたことに感情が高ぶるのがわかる。

「あなたもきっと選ばれしお方なのでしょう。もし困ったことがあれば、何でも相談してください。きっと、お力になれるかと」

「……ありがとうございます」

クレアが頭を下げると、リュイは軽く会釈をしてヴィークたちの方へと走っていく。

（泣いてはいけないわ）

この加護を教えてくれたのは、他でもないリュイだ。

けれど、あの彼女はそのことを知らない。大好きな友人が一歩近づいてくれた喜びと、自分だけが持つ記憶の寂しさ。

一〇年に一度のお祭りを待つ賑やかな王宮の真ん中。クレアは、いろいろな感情を飲み込んだのだった。

「オズワルド殿下が一年後にいない理由って、何かしら」

部屋に戻ったクレアは逡巡していた。

一番有力と思われた、結婚で他国へ行ったという推測はどうやら違うようである。

——他に王位継承権を持つ者が忽然と消える理由と言えば。

（国の存続に関わる悪事を働いて追放される、とかよね……）

参考知識として借り出した歴史を振り返りながら、クレアの背にはひやりとしたものが流れる。その物騒な考えに慌てて頭を振った。

（まさかそんなはずがないわ。だって、ヴィークはいつも私に優しく微笑みかけてくれていたもの）

と同時に、自分はヴィークに支えてもらってばかりだったのだと認識し直す。思えば、クレアはヴィークの弱い部分を全く知らないのだ。

クレアが知っている彼は、いつも余裕たっぷりの顔をして先回りをしてくる。

キースやリュイ・ドニたちと軽口を交わすときは年齢相応に見えるけれど、それでも、いつだって大国の王位継承者の佇まいを崩さなかった。

（ここにいるヴィークは、間違いなく私が知っている彼に続いている。でも、知らなかったことがきっとたくさんある）

時間は夜。外はすっかり暗くなっていて、開け放ったままの離宮の窓からは少し冷たい春の風が流れてくる。

そこに微かに交ざる、音楽と人々の笑い声。大広間で開かれているという夜会のものだろう。

（ヴィークが見せようとしなかった顔を、こちらの世界で知りたいと言ったら……彼は怒るのかしら）

窓枠に頬杖をついて目を閉じると、瞼の裏には自分に明かされなかったオズワルドの顔が映った。

今日はうれしいこともあったけれど、自分が与えられるばかりだったことも知った。


パフィート国の建国記念日に関わる一連の行事は大成功に終わったらしい。

クレアは一般の参列者として式典やパレードを見学してこの数日を過ごしていた。

(一度目の人生でも思ったことだけれど、やはりさすが大国ね。いくら一〇年に一度のことはいえ、規模が違うわ)

そう思いながら、自室の机についたクレアは手元の教科書に視線を落とす。今すべきことは、パフィート国の王立学校でしっかり学ぶことだった。

パフィート国の教育レベルは非常に高い。あらゆる分野で専門家が多い大国だけあって、その裾野の広さをカバーできるだけの教育システムや施設が整っている。

前回、クレアはヴィークの計らいで特別なプログラムを組んでもらっていたが、実はそのような学生は一人だけではない。

才能に応じた専門性を柔軟に身につけられるところが、パフィート国が大国たる所以(ゆえん)なのだろう。

(前回は……本当に基礎のところから教わっていたのよね。先生には身を守る魔法や魔力をコントロールする方法を中心に教えてもらっていたけれど……今回はもっと上級なもの

も使えるようになりたいわ）

　これは二度目の人生だけれど、一度目で身につけた知識や魔法が同じように使えることをクレアは確認していた。

　仮に最悪の未来を繰り返すことになっても自分が絶対にシャーロットを何とかする、そういう思いでいる。

「私が戻ったのは、ノストン国とパフィート国の友好のためよ。それから、リュイのことも守るの。だからしっかり勉強しなければ。……絶対に、同じ轍は踏まないわ」

（それに）

　教科書を持つ手に、力が入った。

（私は、この国で一人で生きていくことになるかもしれない。……今度こそ、本当に。もしそうなったとしても、希望を見つけられるように私は学ばなければいけない）

　コンコン。

　ふいに扉がノックされて、クレアは顔を上げた。訪ねてきたのは、兄のオスカーだった。

「私はこの後国へと帰る。次に会えるのは、留学を終えた二年後か。……きっかけは不本意だったかもしれないが、腐らずにパフィート国でしっかり学んでくるのだぞ」

「はい、お兄様」

ソフィーに淹れてもらったお花の香りがする紅茶越しに、クレアは唇を引き結んだ。

この人生でのオスカーはなぜかまだ優しい。けれど、どうしても一度目の人生での冷たさが頭をよぎるのだ。

オスカーにとってはクレアが二年間で留学を終えてノストン国に戻ることが既定路線なのだろう。

しかし父がそれを許すとは思えないし、第一クレア自身が望んでいない。素直に返事をしつつ、どう話したらいいものかとクレアは迷っていた。

クレアの正面に座っていたオスカーは部屋の隅の書き物机に視線を移す。

「机の上に広げてあるのはパフィート国の王立学校で使用する教科書か」

「はい。新学期の初めは試験で始まると聞いていますし、何よりパフィート国の王立学校では学びたいことがたくさんありまして」

「パフィート国の式典も見学して……本当に感心なことだな」

手放しで褒めてくれる兄の言葉は新鮮だ。

ここまで言ってくれることは、洗礼を迎える前でさえなかったかもしれない。照れくささと戸惑いの感情の両方を隠すように、クレアは何も言わず微笑んだ。

「……実は、父上からパフィート国行きを命じられたクレアに、どう接したらいいのか少し迷っていたのだ」

「……お兄様」

「魔力の色こそ国から求められるものではなかったかもしれない。しかし、クレアの賢さや人間性はそれを補ってなお余りあるものだ。残念だが、シャーロットでは代わりにならないだろう」

それは、初めて聞く言葉だった。息を吞むクレアに、オスカーは少し決まりが悪そうに続ける。

「……しかし、洗礼式後にクレアが周囲からの扱いを反論せずに受け入れるようならそれまでと思っていた。だがこうして、パフィート国で明るく前に進もうとしていることを、兄として本当に誇りに思っている」

一度目の人生。クレアは、優しかった兄が急に冷たくなったことがただ悲しかった。自分に冷たく当たる兄の姿は、名門・マルティーノ公爵家の落ちこぼれという烙印(らくいん)をいつも意識させた。

だから、今回の人生では兄の前では絶対に泣くまいと思っていたのだ。

悔しいからではない。自信がなかった自分を思い出したくないからである。けれど、目にたまった涙は視界を歪ませていく。

(お兄様はそんなことを考えていたのね。何も知らずに、私はただ自分と周囲に失望していた……)

白の魔力を目覚めさせた後のシャーロットは、アスベルトだけでなく父や兄たちの心までもコントロールしていくことになる。

けれど、リュイによるとその洗脳は、相手への妬みや嫉み・不信感など心の歪みがあってこそ加護をかいくぐるより強いものとなるらしい。

（私は……その歪みに引っかかる要素が自分にあると気がついていなかったのだわ）

オスカーは目を真っ赤にして堪えているクレアの隣に座り直し、優しく頭を撫でてくれた。

「私は、魔力の色がどうであろうと、変わらずクレアに期待している。ただ、父上にもお考えはあるのだろう。きっと、二年後には笑顔で再会できるよう尽力しよう。少し待ってくれるか」

「ありがとうございます、お兄様」

クレアはそう応えるのがやっとだった。

「ところで、先日の夜会でヴィーク殿下と直接話す機会があった。彼はまだ一五歳だが、国内外から非常に評価が高い。私も、実際に話してみて優秀な人物との印象を受けた。王立学校で一緒にいれば学ぶことも多いだろう。機会があれば、お助けするように」

「……」

兄の切り替えの良さはクレアも認めているところである。

けれど、まさかこんなに早いとは。あわよくばマルティーノ家から二つの王家に王妃を送り出したい、という野望を隠さないオスカーにクレアは笑った。

（……お兄様ったら。感動が台無しだわ）

「承知いたしました。機会があれば」

「この国には、第二王子としてオズワルド殿下もいらっしゃる。評判によると、パフィート国王は後継者としてヴィーク殿下以外ありえないとお考えだそうだ。しかし、一部にはオズワルド殿下を推す声があるのも事実らしい。巻き込まれないよう、うまく立ち回るように」

「……やはりそれは事実なのでしょうか？」

気になっていた人物の名前が出たことに、クレアは思わず聞き返す。

「何だ。気がついていたのか。……大国とはいえ、革命の火は燻っているらしいな。王朝の交代は無理でも、せめて実権を握りたいと考えている貴族がいるということだろう。オズワルド殿下なら、優秀すぎるヴィーク殿下より御しやすいとな。事態が動くのはそう遠い未来ではないとする者もいるようだ。まぁ、クレアなら切り抜けられるだろう」

（……！）

心当たりに、クレアは息を呑んだ。

「お兄様、情報をありがとうございます。気をつけますわ」

# 第六章

王立学校への初登校の日。

先の世界ではすっかり着慣れた制服だったけれど、一五歳に戻ってからこの服に袖を通すのは初めてだった。

肩に軽くつく程度の長さだった髪の毛は、今は長い。鏡に映る自分の姿が新鮮である。

「お嬢様、制服がよくお似合いですね」

鞄(かばん)を差し出しながら言うソフィーにクレアは息を吐く。

「ありがとう。……でもね、今日は少し緊張しているの」

「大丈夫ですよ、お嬢様なら。きっとすぐにお友達もできますわ」

「頑張ってみるわ。行ってまいります」

温かい笑顔を浮かべるソフィーに送り出されて、クレアは部屋を出た。

王立学校へは馬車で送迎してもらえることになっている。毎日の迎えは離宮の正面に、という話だったけれど、登校初日の今日だけはパフィート国への謝意を表すために正面から出発する予定だった。

先日、リュイに教えてもらった裏庭を通る。青々とした木々が眩しい。朝の空気は清々(すがすが)

しいけれど、まだ日が高く昇っていない分暗く見える場所も残っていた。

（……あら？）

離宮の奥、王宮に近い場所に見覚えがある人物がいる。誰かと二人で話し込んでいるようだ。

（ううん。ただ話すというよりは……何だか密談に近いような……）

「……オズワルド殿下だわ」

クレアが名前を呟くのと同じタイミングで、オズワルドもちょうどクレアの方に視線を向けた。

「クレア嬢。おはようございます」

すると、オズワルドの話し相手は会釈をしてスッと消えた。漆黒の髪が目立つ背の高い男性だった。

「おはようございます、オズワルド殿下」

話し相手をつい目で追ってしまったことを悟られないように、クレアは目を細めて微笑む。

「今日から王立学校ですか」

「はい。初登校なので、緊張しています」

「私も数年前まで通っていました。懐かしい。……お気をつけて」

「ありがとうございます、殿下」

顔の造りや髪色は全く違うはずなのに笑顔だけはヴィークによく似ていて。つい、心を許してしまいそうになる。

(お兄様からの助言もいただいているし、気を引き締めなくては)

オズワルドが王宮の方へ戻るのを見送った後、クレアは正面へと向かった……のだけれど。

「馬車が……足りない、のですか?」

「はい、申し訳ございません。手違いがございまして、クレア様に手配していた馬車に他の方を案内してしまいまして」

汗を拭き拭き、御者は頭を下げている。彼の説明の通り、クレア用の馬車は誰かが乗っていってしまったらしい。

(それなら転移魔法で向かえばいいわ)

転移魔法は高位なもので、一度使うと多くの魔力を消費する。だから、転移魔法は不要不急では使われない。

けれど、クレアにとってはそんなに難しいことではなかった。

魔力の色が淡いピンクではないということを知られないために、王立学校へは馬車で通うことにしているけれど。

「問題ありませんわ。他の方法で行くことにしますから。ありがとうございます」

クレアが恐縮しきりの御者に笑いかけたところで、頭上から声が降ってきた。

「それならば、俺と一緒に乗っていけばいいだろう」

「……ヴィーク殿下」

ちょうど王立学校へ向かうところだったらしい、制服姿のヴィークがそこに立っていた。

「とてもありがたいお言葉ですが、私には分不相応ですわ。他の方法で参りますから、ご心配なく」

特別に親しい関係でもないのに、同じ馬車に乗るなどありえない。クレアは慌てて辞退する。

「初日から遅刻か？」

「……」

クレアの返事を待たず、ヴィークは先に馬車に乗り込む。そして、どうぞ、という風に中から手を差し出してくる。

賓客であるクレアをエスコートするのには当然の振る舞いだったけれど、余裕を見せるその表情が懐かしくて。

いけない、と思いつつも、クレアはつい手を取ってしまったのだった。

ヴィークのエスコートで馬車に乗り込んだクレアは彼の隣に腰かけた。その間にクレアの緊張を感じ取ったのか、ヴィークは悪戯(いたずら)っぽく笑う。

「今日は、きちんと靴を履いているのだな」

「……！　リンデル島の海岸でのことですね。本当に、普段はあのようなことは。他の方には内緒にしていただけると助かります」

「……ああ」

そう相槌を打って、ヴィークは微笑んだまま窓の外へと視線を移す。たった一言で気持ちを軽くしてくれたことに、クレアの胸の奥にはじんわりとしたものが広がっていく。

（いつも周りに気を配って……本当に変わらないわ）

「マルティーノ公爵家はノストン国の名門だな。あなたの兄上もノストン国王に同行していた」

「そうおっしゃる方もいらっしゃいますが……もう私には関係ないことだと思っています」

「それはこの留学に関わる話だな」

何げない答えが返ってきたけれど、相変わらずヴィークは察しが良い。リンデル島の海岸で話した、クレアの『訳あり』にすぐ繋げたようだ。

「はい。恐らく王立学校での二年間を終えたとしても、家に私の戻る場所はないでしょう。その後も一人で生きていけるように、しっかりと基盤を整えあらゆることを学び取りたいと思っています」

「……それで、訳ありか。随分達観したものだな。ノストン国の王家が賓客として扱うように要請してくるほどの家の出でも、そんなことがあるのだな」

心底驚いたような、感心したような。そんなヴィークの口調に、クレアにはほんの少しの違和感が芽生えた。

（この、しっくりこない感じは何かしら）

その答えが知りたくて、クレアはさらに話を続ける。

「私には妹がおりまして。……その妹がとても優秀なのです。私は、ノストン国の第一王子・アスベルト殿下と婚約をしておりました。しかし、妹と入れ替わることになり世間体を整えるためにこの留学を」

「……そうだったのか。しかし、アスベルト殿下の心遣いは婚約解消に至ったという償いを超えているようにも思えるが」

「それは本当に……申し訳ございません」

アスベルトからクレアへの特別な感情を想像しているヴィークに、クレアはどう答えるのが正解なのかわからない。

そして、唐突にさっきの違和感の正体に気がついた。

一度目の人生、クレアはイーアスの街でヴィークたちにノストン国を追われた経緯を話した。あのとき、ヴィークは『そういう話は、俺にも心当たりがある』と同意してくれた気がする。

けれど、内容に微妙な違いはあるものの、今自分の境遇を話したクレアにヴィークの同意はなかったのだ。

そこに、さっき挨拶を交わしたばかりの陰のあるオズワルドの微笑みが重なっていく。

(気のせいで済んでほしい)

「……リュイが」

急に落ちてきた不安にクレアが真剣な顔をしたことを、ヴィークは違う意味に捉えたらしい。柔らかい声色にクレアは首をかしげた。

「……リュイ様が?」

「あなたのことを随分と気に入っていた。あのリュイが評価する令嬢はどんなものだろうと。だから、今朝は一緒に馬車に乗った」

いつの間にか自分が試されていたことに気がついて、クレアは肩をすくめた。

「……ふふっ。いかがでしたか?」

「悪くないんじゃないか」

そう告げてくるヴィークの表情は、この馬車に乗り込んだときと同じぐらい余裕だけれど。言葉の端っこに心なしか『友人』への感情が含まれている気がして、クレアはうれしかった。

王立学校の正門に到着したクレアはヴィークと別れた。

今回の人生ではノストン国の名門公爵家を背景に持つ特別な留学生である。注目を集める存在になることは想定済みだったのでヴィークと別行動をしても意味がない。

けれど、今日のクレアは先に先生のところへ挨拶に行く必要があった。ヴィークは案内を申し出てくれたが、クレアは当たり前のように辞退した。

先生への挨拶を終えたクレアは講義室へと向かう。

(王立学校の中も全然変わらないわ)

クレアがこの学校に通うことになったのは、一度目の人生では今から一年後のこと。

広い敷地に豪華な造りの校舎。美しく整えられた中庭は王宮の庭園にも似ていて。

さすが、大国の貴族子息・息女だけが通うために造られた学校である。今のところ、特に変わったところは見られなかった。

王立学校での新学期は、案の定クラス分けのテストで始まる。テストが行われる講義室に入ると、他の学生たちの視線が一気に自分に集まったのがわかった。

(こんな立場の留学生が珍しいのね)

大国では留学生は決して珍しいことではない。それに、パフィート国には各地に王立学校がある。新学期ごとに学生の入れ替わりがあるのは日常だった。……けれど。

空いた席に座ったはいいが、周囲のあからさまな視線が痛い。

貴族子息・息女以前に、マナーとして、人のことをジロジロ見てはいけないと幼少の頃に教わるのではなかっただろうか。

（これも全部、『賓客対応』を要請したアスベルト殿下のおかげね……）

この学校に通う者たちの父親は国で要職に就いていることが多い。

噂の出所は間違いなくそこだろう。面白そうな話題が一瞬で広まるのは、どの国でも同じようである。

「キャレール侯爵家のリディアと申しますわ。隣に座ってもいいかしら」

うんざりしかけていたところに、覚えのある透き通った声が聞こえてクレアは顔を上げた。

（……リディア様！）

それは、クレアが本当に初めて王立学校に登校した日にも声をかけてくれた、親友のリディアだった。

「も……もちろんですわ。ノストン国から参りました、留学生のクレア・マルティーノと申します」

「ノストン国からいらっしゃったのですね。わからないことがあれば何でも聞いてくださいね」

「ありがとうございます」

パフィート国の名門に生まれたリディアは、王立学校でヴィークと関わることを避けていた。

面倒ごとから離れて平穏な人生を送りたいという気持ちは、一度持ち上げられて落とされた経験があるクレアには痛いほどにわかる。

(私がパフィート国の賓客扱いだということを知ったうえで話しかけてくれるなんて)

ふわりと上品に微笑むリディアの向こうに、ヴィークの顔が見えた。何となく、こちらを気にしている気配がある。

「ふふっ。お気づきのようですから申し上げますね。私はヴィーク殿下と幼少の頃から関わりがあるのですが……先ほど、殿下からクレア様のお話を伺ったのです。それで、仲良くなれる気がいたしまして」

「ええと。……あの、それはどんなお話を?」

記憶にあるのと同じ、おっとりとした口調で話してくれる穏やかなリディアの横顔を眺めながら、クレアは幸せを噛みしめていた。

(もしかして。一度目のときも、そうだったのかもしれないわ)

王立学校に通い始めてから数週間。一般教養の授業は大分進み、まもなく個別レッスンが始まる時期に差しかかっていた。

ここでの授業は全て能力別に行われる。

一般教養のクラスが試験によって学力別に分けられるのはもちろん、魔法に関する個人レッスンもその個人が持つ魔力の色に合わせて担当する講師が変わるのだ。

ということで、クレアはカフェテリアで一人、自分の魔力の色をどう明かそうか悩んでいた。

（個別レッスンが始まってしまったら、私の魔力の色が淡いピンクではないと知られてしまうわ。一度目の人生では問題なかったけれど……。今回、私の背後にはノストン国がある。留学の経緯が広まっていることを思えば、国に情報が届いてしまうのは必然だわ）

クレアが持つ『淡いピンク』はマルティーノ公爵家の女傑としては失格だったけれど、一般的に見ればそこまで悪いものではない。

この世界では貴族の家に生まれた者しか魔力は授かれないし、上位の色を持つのはその中でもごくわずかなのだ。

さっき、学務課で受け取った紙に書かれている担当魔術師の名は『チェインズ』。

クレアの個別レッスンを担当する魔術師は、一度目と同じ先生だった。青の魔力を持ち、腕は確かだけれどどこか人間離れしていて先生らしくないという印象である。

（一度目のときは……初めから私の魔力の色が白より上だとパフィート国側に知られていたのよね。ヴィークの後ろ盾のおかげか、あまり深くは聞かれなかったけれど）

内緒にしていてくれと頼めば先生はそうしてくれるだろう。けれど、クレアがこれから学びたい魔法はどれも高位魔法だ。淡いピンクでは扱えないものも出てくる。

いくら先生が秘密を守ってくれたとしても、クレアが本当の色を手にしたことをノストン国側に知られるのは時間の問題という気がした。

(本当は、ヴィークに相談したいところなのだけれど)

当然それは叶わない。この人生では、クレアは彼の恋人どころかまだ友人ですらないのだから。

ふと、テーブルに飾られている花に目が行く。

色とりどりの花束の中に、一本だけくすんでしおれた花がある。枯れているわけでもなく、どうやら病気のようだ。

クレアは、ぼうっとしたままその花を花瓶から抜き取った。そして、両手にのせる。

『精霊よ　我の魔力と引き換えに　この花を浄化せよ』

すると、手元がふわっと光って、花は生命力を取り戻していく。

(……これで、元気になった)

一つだけ違ったその花を、クレアが自分に重ねていたとき。

隣で、すすっと椅子を引く気配がした。

「今のは高位魔法だな」

「……ヴィーク殿下。まだお帰りではなかったのですか」

「俺も用があった」

クレアの隣に座ったヴィークはひらり、と紙を見せてくる。それはクレアが手にしているのと同じ、個人レッスンの担当魔術師を告げるものだった。ちなみに、そこにもチェインズと書かれている。

(このカフェテリアにはさっきまで誰もいなかったはずなのに。迂闊だったわ)

クレアの焦りを見透かすように、ヴィークは頬杖をつく。

「まだ一五歳で今の魔法を使えるとはな。余程優秀な師についていた……だけでは説明がつかないな」

「……何のことでしょうか」

彼のことは騙せないと知りつつも、とりあえずクレアはしらを切ってみる。

「今の浄化魔法のことだ。見事だった」

やはり無駄だったようである。

「事情がありまして。このことは……ノストン国の私の実家には内緒にしていただけると助かります」

「なぜだ。あなたはノストン国の王家を背後に持つ大切な客人だ。そう簡単には引き受けられないな」

引き下がらないヴィークに、クレアは眉間に皺を刻む。しかし、彼の言うことは至極真っ当である。

（どこまで話していいかしら）

隣に座ったヴィークは、たった今クレアが浄化したばかりの花を花瓶から抜き取り、まじまじと眺めている。

きびきびとした口調と緊張感のない仕草のアンバランスさは絶対にわざとだろう。

「この前、馬車の中でお話ししたことに関係があります。私とアスベルト殿下の婚約が解消されたのは、殿下には他に想う方がいらっしゃったからです」

「……なるほど」

「私は、洗礼式で期待に応えられませんでした。ですが、そのことがきっかけでアスベルト殿下とその想い人は縁を結ぶことができるようになりました。私は、二人の邪魔にはなりたくないのです。ですから、どうかこのことは内密に」

少しの間の後。

「クラス分けテストの結果を見た。俺は、二番だったのは初めてだ」

「確かに……そうですね」

クレアは一度目の人生のことを思い出した。その返答に、ヴィークは首をかしげる。

「それでも、妹の方が優秀、と？」

「……！」

相変わらずの、全てを見透かすようなエメラルドグリーンの瞳。うまい答えが見つからなくて、クレアはごまかすように微笑んだのだった。

納得はしていないように見えたものの、ヴィークはクレアの願いを聞き入れてくれたらしい。

個別レッスンの初回、チェインズ先生はクレアの魔力の色が普通ではないことに気がついたようだったけれど、『殿下から伺っています』と微笑んでくれただけで終わった。

マルティーノ公爵家やシャーロットから送られてくる手紙にも、クレアの魔力が淡いピンクではないことを知ったという気配はなくて。とにかく、順調な毎日である。

「……それで。どうしてヴィーク殿下は私のレッスンに同席を？」

「気にするな。続けろ」

「……！」

ニコニコと笑うヴィークを背に、クレアは視線でチェインズ先生に助けを求めた。けれど、無駄である。先生は当然そちら側だ。

（もう……なぜ、こんなことに）

今日のレッスンは、『魔力による洗脳』についてだった。

シャーロットがアスベルトや家族の心を懐柔していく構造が知りたくて、以前から先生に詳しく教えてほしいと相談していたものである。

しかし。なぜか、今この部屋にはヴィークがいるのだ。

並行して公務を抱えることが多い王族の個別プログラムは、帰りが遅くならないように優先して組まれる。

第一王子である彼の時間はこの一コマ前。そのレッスンはとっくに終わって、この部屋をクレアに明け渡してくれているはずなのに。

「……気にするなという方がおかしいのではないでしょうか」

「最近、言うようになったじゃないか？」

遠慮がちながらもきっぱりと答えたクレアに、ヴィークは軽口を返してくる。

パフィート国で暮らすようになって、一月ほど。『王宮で暮らす留学生』であるクレアには、二度目の人生でもヴィークとの繋がりができていた。

もちろん、一度目の人生のように頻繁にクレアの部屋でお茶や会話を楽しむという親しい関係ではない。

けれど、顔を合わせれば声をかけてくれるし、ランチタイムを一緒に過ごしたりする。

もちろん、リディアたちと一緒にではあるけれど。

特別な関係の友人ではないものの、学友の一人、にはなれている気がしてクレアは喜びを感じているところでもあった。

「彼から、きみが高位魔法を使うところが見たいと言われたんだ。まずかったかな？」

「いいえ……あの……」

「今日の実技の内容から言って……ちょうど、今日は私以外にも誰かいたらと思っていたところなのだよ」

ヴィークを『王子様』扱いしないチェインズ先生の言葉に、クレアは顔を引きつらせる。もはや嫌な予感しかしない。

「せ……先生？」

「魔力による意識のコントロールは、細かく説明するよりも実際にやってみた方が早い。体の表面に魔力をまとわせて言葉を発するだけだ。精霊への引き換えの文言は不要」

「へえ。面白いな。いいぞ、クレア嬢。準備はできてる」

窓際の、日当たりのいい場所に座っていたヴィークが面白そうにこちらへやってきて隣に座った。

（……まさか）

クレアはさぁっと青くなる。どうやらヴィークは実験台になるつもりらしい。

そして、先生には止める様子が全くないのがさらに問題だった。

「待ってください。殿下にそのようなことはとても」

「でもこの魔法だけはかけてみないとわからないんだよ？　ちなみに、きみの魔力の色は白以上ではないか？　加護をかいくぐり、魔力で意識をコントロールするには少なくとも『白』でなければいけない。かけるのにも、解くのにもね。ここ大事だよ」

　クレアの意志そっちのけで、チェインズ先生は説明を続ける。そしてかなり重要なことを言っているのに、ヴィークには動じる気配がない。

「洗脳されても大丈夫だ。俺の側近にはこの術を解ける人間が一人いる。簡単なものならな。本当にちょうどいいだろう？」

　悪戯っぽく笑うヴィークを見て、リュイのことだ、とクレアは思う。

　そして、彼は一度言い出したら聞かないタイプである。今日はどう転んでもヴィークのことを洗脳しなければいけないらしい。

「わかりました」

（でも……どの方向に意識を変えたらいいの。失敗してしまっても影響が出ないことがいいわ）

　クレアはしばし考え込む。

（……あ！）

　そして思いつく。誰にも迷惑がかからない実験の言葉を。

　クレアは体の表面に魔力をまとわせる。きらきらとした光がうっすらと見えてきた。

「もう少し力を出さないと無理だね。それではまじない程度の効果しかない」

「……はい」

先生の言葉に、クレアは表面に出す魔力の量を増やした。

それは自分の視界にはっきりと入るけれど、やはり何色なのかはわからなくて。額にじんわりと汗が滲んだ。

「ヴィーク殿下」

「何だ」

クレアの目の前にいるヴィークは、楽しそうに目を輝かせてテーブルに頬杖をついている。王立学校でこんな姿と表情を見せることはめったにない。相当リラックスしているようだった。

「チェダーチーズのサンドイッチを、」

「チェダーチーズ？」

クレアの言葉を不思議そうに繰り返した後、ヴィークは瞳を揺らす。少しだけ思い当たるところがあるらしい。

（一度目の人生で、ヴィークはチェダーチーズのサンドイッチが一番好きだと言っていたわ。好きな食べ物が変わるぐらいなら……きっと大丈夫）

そうクレアは思ったのだけれど。言葉を続けようとした瞬間。

「……マルティーノ君？」

先生の言葉に、クレアは自分の体の表面に魔力がなくなっていることに気がついた。

(あ……れ?)

さっきまでいっぱいに満たしていたはずの魔力がどこにもない。

「先生……これはどういうことでしょうか」

「やはりそうか。洗脳は術者に躊躇(ためら)いがあると発動しない。覚えておくといい」

「は……はい」

意味がわからないけれど、クレアは頷く。先生にとっては予想した範囲の結果のようである。

「今、魔力が消えてしまったのは俺にかけられた加護のせいではないのか?」

「それ以前の問題ですね。マルティーノ君はきみのことを洗脳したくないと思っていた。それだけのことでしょう」

ヴィークと先生の会話にクレアは首を振る。

「そんな……私はきちんと殿下の意志を変えようとしていたつもりなのですが」

「これは直接的な魔法だからね。覚えておくといい。使う方は、魔力だけではなく相手との関係も問われる。きみのようにためらいがある術者と加護で守られた高潔な第一王子殿下。この組み合わせは最も相性が悪い」

「……わかりました」

『魔力による意思のコントロール』は相当難しそうである。失敗してしまったことも残念だったけれど、ずっと抱えてきた懸念が繋がって、心が沈む。

（つまり……シャーロットはそれだけの強い意志を持っていたということ）

チェインズ先生は急に真面目な表情になって言う。

「今日のレッスンで魔力による意思のコントロールの構造がわかっただろう。何よりも知ってほしいのは、きみのような者は魔力が暴走しそうな状態で言葉を発してはいけないということだ。いいね？」

「はい、先生」

「ちなみに、洗脳の上位には『魅了』というものがある。洗脳もそうだが、魅了を使える者はさらに限られている。使い方も難しいんだよ。深層心理まで響かせる必要がある。まぁ、この辺はまた来年あたりかな。もちろん実技はなしだ。魅了を解けるものはいないからね」

（魅了……。シャーロットは勉強があまり好きではないから、そちらを覚えてしまうという心配はなさそうだけれど）

ノートを片付け始めるクレアに、ヴィークはなぜか不満そうな表情を向けてきた。

「クレア嬢の好きな食べ物は？」

「？　あの……お肉よりはお魚、そして甘いもの、でしょうか？」

「俺は、あなたと一緒にカフェテリアでチェダーチーズのサンドイッチを食べたことはあったか」

「ありませんわ。まず、メニューにもないですし」

「で、好きな食べ物は？　具体的なメニュー名を」

「……メープルシロップが入ったパンケーキが好きです」

さっき、咄嗟にクレアがチェダーチーズのサンドイッチを持ち出したことを不思議に思っているのだろう。

代わりにこちらの好物を聞いてくるなんて、まるで子供である。少し強引なのが懐かしくて、クレアは笑った。

チェインズ先生も二人の会話にくすりと微笑んで、奥の部屋に戻ってしまう。

「あなたは上位の色の魔力を持つのに相応しい人のようだな」

「え？」

なぜか眩しそうにこちらを見てくるヴィークの表情に、クレアは目を見張る。

「たとえどんなに優れた色の魔力であっても、術者が未熟ではいい方向に向かわない。教育も大事だが、生まれ持ったものも関係する。それにしても、俺の好物はリディアに聞いたのか？　まさかこの場面で、好きな食べ物を変えようなんてな」

今にも吹き出しそうなヴィークを見てクレアは赤面する。

「だってそれは……」

（できるだけ影響がないものを考えたらこうなってしまったんだもの。仕方がないじゃない）

「悪い」

すっかり赤くなってしまった両頬を押さえたクレアが答える前に、ヴィークは続けた。

「クレア嬢の魔力の色のことは、決して口外しない。約束する」

「……！」

「訳ありの理由も理解した。あなたなら、あの理由でも納得だな」

その理由とは、『アスベルト殿下と妹の恋路の邪魔をしたくない』ということである。

もちろん、その半分は本当だ。

しかし実際には、アスベルトと一緒にいることでシャーロットがおかしな考えを起こさないということが一番重要だった。そして、両国間の平和と自分の自由を手にしたいという、クレアにとっては少し利己的な理由もある。

「……私は、そのような人間ではありません」

自分の願い一つでやり直しを選択したクレアは目を伏せた。

「随分と複雑なところで生きているのだな。褒め言葉は素直に受け取るといい」

「……ありがとうございます」

彼からの言葉をこれ以上否定するわけにもいかない。複雑な感情を飲み込んで微笑んでみせると、ヴィークからも本音が覗いた。

「まぁ……きょうだいとの関係は意外と難しいな」

「……ええ。一見、うまくいっているように思えてもそうではなかったりしますわ」

「お。俺も、訳ありだと思うか？」

「……まさか。そのようなことは」

言葉とは正反対の、余裕綽々(しゃくしゃく)の表情は以前にもよく見た。この距離感が、クレアにはとても懐かしかった。


季節はいつの間にか暑い季節になっていた。王立学校での生活には夏季休暇が存在する。社交シーズンに合わせて領地と王都を行き来する貴族も多いからだ。そのため、休暇明けの転入生というものは決して珍しくはない。

「久しぶりだな。……元気にしているか？」

王宮内にある図書館での勉強を終え、離宮へと向かっていたところ。

クレアは背後からヴィークに声をかけられて、立ち止まった。しばらくぶりに見る彼の姿に、つい頰が緩みそうになるのを引き締める。

「お久しぶりです、ヴィーク殿下。おかげさまで充実した休暇を過ごさせていただきました」

「それはよかった。俺も昨日ルピティ王国への周遊から戻ったところだ」

「ご無事で何よりですわ」

中庭の、昼間は色鮮やかに見えた木々が夕日に照らされてセピア色に染まっている。そこを、夕暮れの少し湿った風が揺らしていた。

「ルピティ王国は観光で成り立つ国だ。街も人も……素晴らしかった」

ヴィークが回廊に置かれた長椅子に腰かけ、そのまま会話を続けようとしているのを見てクレアは戸惑う。

(……どうしたらいいの)

こんなとき、『一度目』では当たり前に隣に座り、会話を楽しんだ。それはクレアとヴィークは親しい友人だったからである。

遠慮がちに長椅子の前へと足を進めたクレアを見て、ヴィークは自分の隣をぽんと叩く。

「……失礼いたします」

「ああ」

クレアがそこに腰を下ろしたのを見て、ヴィークは満足げに笑った。

「私はパフィート国に留学するまで、他の国へ行ったことはありませんでした」

「そうか。だからリンデル島の海岸で水遊びを?」

「それは忘れていただけますか……」

もしかしたら、この人生ではこのことを一生言われ続けるのかもしれない。どうして自分はもっと素早く靴を履かなかったのか。

クレアは心底後悔したけれど、それは次の言葉へのきっかけにすぎなかった。

「そういえば、クレア嬢はリンデル島の海岸の埋め立てについて気にしていただろう」

「はい」

パフィート国内では、ミード伯爵家がリンデル島の海岸を埋め立てようと動いていることが広く知られていた。

クレアは既に洗礼を終えていたけれど、あの美しい癒しの聖泉がなくなってしまうことにやはりいい気はしていなくて。

まだ実行がされていなくても、その話題を聞くだけで悲しい気持ちになる。

「明日からの新学期。あの海岸を埋め立てようとしているミード伯爵家の子息が王立学校に転入してくることになった」

「……！」

（どういうこと。ミード伯爵家のディオン様が転入してくるのは一年後のはずなのに）

そこで、リンデル島の聖泉埋め立ての話を聞いて以来、思い浮かんでは打ち消してきたある疑念が呼び起こされる。

クレアは一度目の人生でディオンが放った『魔力の共有』という禁呪をはね返していた。

その結果、逆にディオンの魔力を侵食してしまったらしい。

（……もし、先の世界で最後に浄化を放ったとき、彼も一緒にブラックアウトしていたら。

私は……ディオン様をこの世界に連れてきてしまっている可能性を否定できないわ）

思い当たった考えに身震いがする。

一度目の人生ではなかった、クレアの洗礼に必要なリンデル島の聖泉がミード伯爵家によって潰されようとしていること。

そして、ディオンが予定より早く王立学校に転入してくること。

それらの全てが、疑念の答えとしかクレアには思えなかった。

膝の上に置いた指先が冷たい。さっきまで心地いいと感じていたはずの風も感じなくなっていた。葉擦れのざわざわとした音が頭に響く。

「大丈夫か」

気がつくと、ヴィークの透き通った瞳が目の前にあった。

あまりにも顔が近くにあることに驚いて、彼が隣からこちらを覗き込んでいるのだと理解する。

「も、申し訳ございません。少し考え事をしていました」

「クレア嬢にも関係があることだから伝えておく。今度、王立学校に転入してくることになったミード伯爵家のディオンという男は『魔力の共有』という禁呪に近い魔術の使い手だ。自衛するに越したことはない。賓客であるあなたには護衛を付けたいが、リュイがクレア嬢ほどの人なら必要ないのではと言っている。どうするか」

そこまで聞いて、やっとクレアはヴィークがこの長椅子に誘ってくれたわけを理解した。

ノストン国からの賓客である自分に護衛を付けるにあたり、意思を確認するための話がしたかったのだろう。

いつもより近くにいられることの幸せと、その理由を知ってしまった寂しさが混ざる。

それを気づかれたくなくて、クレアはいつもより大袈裟に微笑んでみせた。

「……リュイ様が大丈夫とおっしゃっているのであれば必要ありませんわ」

「そうか」

ヴィークは穏やかに頷くと、手にしていた包みをクレアに差し出す。

「これは……?」

「メープルシロップだ」

「メープルシロップ……?」

紙袋を受け取ったクレアは目を瞬かせる。袋越しに感じる、ずしりとした瓶の重み。

確かにこれは、メープルシロップだろう。けれど。

（なぜ、これを私に……？）

「旅先で、思い出した。今から離宮に届けに行こうと思っていた。ミード伯爵家のディオンの話は、そのついでだ」

（……！）

「ありがとうございます」

ぎゅっと紙袋を握りしめてお礼を言うと、ヴィークは照れくさそうに微笑んだ。

その後も、ヴィークは旅先での話を続けてくれた。そのほとんどは、視察の内容ではなく側近たちとの楽しい自由時間の話である。

どれも、そのシーンが手に取るほどに思い浮かんで。クレアは失われた時間を取り出して楽しむような、不思議な夕暮れを過ごしたのだった。


その日の夜。クレアはホットミルクにメープルシロップをひとさじ垂らして飲んでみた。口に入れると、優しい甘みがしゅわっと溶けていく。

(メープルシロップが好きだと言ったのを覚えていてくれたのね。そして、旅先で私のことを思い出してくれた)

じわじわと広がる幸福感に、ベッドの上で膝を抱える。そこまで深い意味はないのかもしれない。けれど、自分だけに向けられる特別な感情の欠片が懐かしかった。

「だけど、今はそんな場合ではないわ」

気を取り直すように、クレアは明日からの緊張を思い出して頭を振る。

(一年後のミード伯爵家は、数十年前のリンデル国侵略への関与が濃厚になる。さらに次期王太子の婚約者の身を危険に晒したとして没落の一途が待っているのよ。もし、ディオン様が私と同じところから来ていたとしたら大変なことになるわ。彼は一体いつの彼なのか。私のことを知っているのか。しっかり見極めなければいけないわ……)

そうしているうちに、サイドテーブルから流れてくるミルクの甘い香りに眠くなる。クレアは、いつの間にかぽすんとベッドに倒れ込んでいた。

翌朝。クレアはいつもより早く王立学校へと向かった。

昨夜の甘い気持ちはどこかへ飛んでいた。目覚めた瞬間にディオンの顔が浮かぶと、もういてもたってもいられなかったのだ。

数十年前の旧リンデル国への侵略は、絶大な力をもつミード伯爵家が裏で手を引いていた。リンデル国の王女であり、当時まだ三歳だったクレアの母親は何とか逃がされた。けれど、今もなおミード伯爵家の野心は続いているらしい。

これが、クレアが一度目の人生で知った事実である。

(襲撃当時、お母様はまだ幼かったのにもかかわらず、数十年経ってから真実を葬り去るために殺された。ミード伯爵家は非道な血で続いているのだわ。できれば授業が始まる前にディオン様にお会いして、転入の意図を確かめたい)

すっかり通い慣れた王立学校の階段を上り、教室を覗く。けれどまだ数人しか来ていなくて、クレアは息を吐いた。

（ディオン様はまだいらっしゃっていないようね。どちらのクラスなのかしら）

「もしかして、ミード伯爵家の子息のことを気にしているのか」

「……ヴィーク殿下！　おはようございます」

「リュイが、クレア嬢の加護なら問題ないと言っていたが」

ヴィークが登校してくるのも、いつもより幾分早い。

「いえ、そういうわけではなくて……」

クレアがディオンのことを気にしているのは確かだけれど、理由は違った。

そして、その理由はきっと今後王家にも関わってくる。

ミード伯爵家は王家の盾となる魔力を持つ、ということでクレアに危害を加えようとしたのだから。

もう少しヴィークたちとの距離が近づいたら、話せる範囲で心配事を共有したいとクレアは思っていた。いざというとき彼らに相談できると思うとそれだけで心強い。

（でも……ディオン様の答えによっては、すぐにヴィークにこの経緯をお話ししなければいけないわ）

「他に何かあったか」

いつもより深刻な雰囲気のクレアにヴィークも顔色を変える。

立場上、クレアはヴィークに必要以上に親しくしてはいけない。けれど、昨日もらったメープルシロップの瓶が思い浮かんで、背中を押した。

「あの。実は、折り入ってご相談が」

「相談？」

その瞬間、背後の扉が開いたのがわかった。開いていた教室の窓から、風が一気に吹き抜けたからである。

クレアがゆっくり振り向くと、そこにあったのは見覚えのある顔。

エキゾチックな雰囲気を漂わせた彼は、扉を開けた瞬間に現れたクレアを見て固まっている。

イエローゴールドの瞳が印象的なその顔には、恐怖とも取れる色が浮かんでいた。

「ク……クレア嬢！　なぜ、ここに」

何も問いかけなくても、クレアは一瞬で理解した。

これは間違いなく、二度目の人生を送っているディオンだ、と。


「相談は大丈夫なのか」

王立学校での一日を終えた後、帰り支度をしていたクレアはヴィークに微笑みを返す。

「はい。今日は大丈夫ですわ。お気遣いいただきありがとうございます」

「そうか？　どうせ同じ場所に帰るんだ。一緒の馬車に乗っていけ。そうすれば話ができるだろう」

「本当にありがたいのですが……今日は先約がありまして」

「先約？」

ヴィークは不審な目を向けてきたけれど、クレアは何とか馬車を見送った。

帰りに誘われたのは初めてのことだったし、昨日のメープルシロップのお礼も改めて伝えたい。

しかし、今日はそれよりも大切な約束があった。

（彼はもう来ているかしら）

クレアが早足で訪れたのは、放課後になると人けがなくなる一般教養用の講義室。

一度目の人生、ディオンが転入してきた日のクレアは神経質なほどに加護に気を遣っていた。けれど、今回はもうかけ直す気はない。

（私の予想通りなら、禁呪を放つことの恐ろしさを彼は十分に知っているはずだわ）

約束の部屋の扉を開けると、クレアはかちゃりと鍵を閉めた。その音に、何かが驚いたような気配がする。

「お待たせいたしました、ディオン様」

階段状に机と椅子が並ぶ広い講義室。彼はその隅っこの椅子に、膝を抱えるようにして座っていた。

「クレア嬢は……僕のことを知っているんだね」

それは、こちらまでやっと聞こえるほどの声だった。

クレアの記憶では、自意識過剰にも思える振る舞いが目立っていた彼だけれど、今は見る影もない。クレアは彼の方へゆっくり近づきながら答える。

「ええ、知っているわ。あなたも私のことを知っているみたいね」

「……きみがパフィート国にやってくるのはもう少し後のことだと思っていた。これじゃあ、計画が台無しだ」

「ディオン様の方こそ、この王立学校に転入してくるのは一年先のことではないでしょうか」

今朝、クレアの顔を見たディオンは明らかに驚いてショックを隠せない様子だった。

それを見て、クレアは彼が予想通り自分と同じところから来ているのだと確信した。

と同時に、ディオンが転入してきた目的は自分に接近するためではないということも知った。

その理由がどうしてもわからなくて、クレアはディオンを呼び出したのだった。

「きみに魔力の共有をかけるのを失敗してから、僕は一週間以上眠っていたらしい。領地に戻ったら、おじい様に勘当を言い渡された。……その夜だ。得体の知れない光に巻き込まれたのは。気がついたら、今から数か月前の時点に戻っていた」

ディオンがぽつり、ぽつりと話す。

それは、予想通りクレアがブラックアウトしたのと同時にディオンの意識も先の世界から消えたという事実だった。

「きみは、僕のことを知っているんだろう。……ミード伯爵家が辿る運命も。時が戻ったことを理解したとき、正直チャンスだと思った。それで、先回りしてここに来たつもりだった」

「……先回りしてどうしようというの」

「ヴィーク殿下と仲良くなるんだ」

「ヴィークと……？」

「そう。我がミード伯爵家はきみが邪魔だった。だから、まず洗礼を受けられないように、リンデル島の聖泉を潰そうとしたんだ。でも、すごく時間がかかるんだよね、あれ。おじい様はそんなまどろっこしいことをせずにきみを消せって言ってたけど……調べてみたら、きみはノストン国の第一王子の婚約者だったんだって？　そんなのに手が出せるわけないじゃん？　まー、ほんとすごいよね」

ディオンの声に力はない。表情にも生気がなく虚ろである。

あらゆることを諦めているような、失望しているような。ただ投げやりに話し続ける姿に、クレアの心はぴりぴりとし始める。

「時が戻ったなんて……ミード伯爵家のご当主はよく信じたわね」

「ああ。お父様もおじい様も、初めは信じていなかったみたいだけど、ノストン国のマルティーノ公爵家の名前を出したらすぐに動いてくれた。……結局、聖泉の埋め立ては時間がかかりすぎることがわかったけど。それで、並行して行われている作戦がこっちだった。きみに先回りしてヴィーク殿下と仲良くなるんだ。そして、三年生の春に転入してくるきみと殿下が親しくならないように立ち回る。……あのヴィーク殿下が、友人の恋人に手を出すはずがないだろう？　そして、きみをうちに迎え入れる。盤石な作戦のはずだった」

「……そういうこと」

彼が口にした計画は、何から何まで全て失敗に終わっていて。何よりも、自分をミード伯爵家に迎え入れようとしているという言葉に怒りが湧いてくる。

「きみの母上はリンデル国にルーツを持つ者なんだって？」

「そのようね。でもその先は言わなくていいわ」

このままだとリンデル国滅亡の経緯に話が及ぶことは容易に想像できる。

自分の母親が亡くなった経緯について犯人に近い存在の者から詳細を聞きたくなくて、クレアはディオンの言葉を遮ろうとした。

けれど、大きな失望を抱えた様子のディオンは止まらない。

「きみには詳しくは言えないが、おじい様からはリンデル国の滅亡は、我が一族が主権を取り戻すために必要な一歩だったと聞いている。我が一族こそが、国を治めるのに相応しいと信じて誰も疑わない」

「！」

どくん、と自分の心臓の音が大きく響いた。痛いほどの緊張感を知る前に、頭にかぁっと血が昇ったのがわかる。

「……三歳で逃がされた、何も知らない王女を追いかけて殺すことも？」

クレアは、自分にはこんなに低い声が出せるのかと驚いた。

「それは……」

「私の母のことよ」

「！」

自棄になり、数秒前まで饒舌だったはずのディオンは青い顔をして固まっている。けれどクレアはそれを見てもどうとも思わない。

一度目の人生でクレアとヴィークが想いを伝え合った妃探しの夜会の夜、ディオンと彼の妹にかけられた言葉がただ頭に響いていた。

――『お母様が早くに亡くなっていないかしら？』

二人は、全て知っていたうえであの質問をしたのだ。

クレアは、手のひらに抑えきれない魔力が溢れてくるのを感じていた。

（これはまずいわ）

魔力が強い者は、酷く感情が揺れると魔力がコントロールできなくなることがある。手のひらに目を落とすと、不思議な光が湧き出ているのが見えた。

けれど、そのことに気がつかないディオンは独り言のように続ける。

「そこまで知っていたのか……。ヴィーク殿下にはもう話したんだろう？　うちのことを。……もう終わりだ……。きみのことは、魔力の色に差がありすぎてどう考えても消せない。だけど、おじい様は自分が生きているうちにパフィート国を手中に収めることしか考えていない。僕は、ずっとおじい様の望みを叶えるために生きてきたのに……」

「……未来で起きることを、ミード伯爵家の方々は知っているのかしら」

「失敗して追放された上に、家もほぼ没落決定なんて言えるわけがないだろう？　皆が知っているのは、クレア・マルティーノ嬢が王家の盾となることを阻止しなければいけないということだけだ。でも、きみが僕と同じところから来ているなら……もう終わりだ」

彼とミード伯爵家への強烈な怒りを何とか堪えながらも、クレアはディオンのことを哀れに思っていた。

（ディオン様は……これまでずっと、家の期待に応えるためだけに生きてきた方なのね）

椅子に腰かけて頭を抱えたディオンが、ノストン国から逃げ出す直前の自分と重なって見えて。

無意識のうちに、クレアは話し始めていた。

「私は、あなたとよく似た人を知っているわ。その人も、家名に縛られて生きていた。周囲の顔色ばかり窺って、期待に応えることしか考えていなかったのだと思うわ」

項垂(うなだ)れたままのディオンからは反応がない。

「けれど、一歩踏み出してみたら、そこは世界の中心ではなかったの。いつだって気づく機会はあったのに、諦めていて知ろうとしてこなかったんだわ。あなたにもきっとあるはずだわ。そこから抜け出して自由に生きていける道が。それを、見つけてほしい」

気がつくと、いつの間にか顔を上げてクレアの話を聞いていたディオンの瞳は焦点が合わず、虚ろになっていた。

（……？）

「どうしたのですか、ディオン様」

異変を感じ取ったクレアは、ディオンに問いかける。

その瞬間、ディオンの瞳には急激に光が戻った。濁りなく無垢(むく)な透明感。さっきまでの表情が嘘のようだ。

「……クレア嬢が言う通りだ。僕は、これまで家に縛られすぎていたようだ。誰かにおじい様の呪縛から解き放ってほしかったのかもしれない。これからは、僕も自由に生きられるだろうか」

先ほどまでの落ち込み方が想像できないほど、ディオンは爽やかな表情を浮かべている。

あまりの変わりようにクレアは戸惑った。

（この変化は不自然すぎるわ。もし仮に欺くための演技だとしても、もっとうまくやるはず）

「一体……どういうこと？」

クレアはそこで初めて、さっきから自分の手のひらににじみ出ていた魔力が収まっていることに気がついた。

ディオンの様子と自分が話した内容。そして、魔力の行方についてクレアは落ち着いて考え直してみる。

（そうだわ……チェインズ先生は、魔力が暴走しそうな状態で言葉を発してはいけない、とおっしゃっていた。……ということは。……待って。嘘でしょう！）

その可能性を何とか打ち消そうとしたけれど、無意味だった。どう考えてもそれ以外はありえなかったからだ。

クレアは、吹っ切れたように立ち上がって爽やかに微笑むディオンを凝視する。さっきまで怯（おび）えて縮こまっていた姿は見る影もない。

表情には、先の世界で見たのと同じ自信が垣間見える。けれど悪意や敵意は全く感じられなくて、とても爽やかだった。

――そう。クレアは、ディオンにドニが言うところの『おまじない』をかけてしまったようだ。

クレアは王宮まで転移魔法で飛んだ。普段は使わないようにしている魔法だけれど、これはまごうことなき緊急事態である。

そして、迷うことなく王宮内のヴィークの執務室へと向かう。

二度目では一度も訪れていない場所。途中、衛兵に咎められることもなく辿り着けた。アスベルトの『賓客要請』のおかげだ、と一瞬思ったけれど、今はそれどころではない。

「リュイ様！　ご相談が‼」

ディオンを引きずる勢いで勢いよく扉を開けたクレアを、四人が凝視している。

「……ここはリュイの執務室か？」

「違うけど、でも……そんなようなものじゃない？」

「いらっしゃい、クレア嬢。お茶でもお願いしようか？」

不満げなヴィークと、うずたかく積まれた書類へ冷静に視線を送るリュイ。そしてニコニコと真意が読めないドニ。

ちなみに、クレアが焦っているせいでディオンは引きずられるような格好になってしまっているけれど、彼は相変わらず爽やかに微笑んでずっと協力的である。

「ごめんなさい……急にこんなところまで来て……あの……リュイ様に、どうしてもご相談したいことがあって」

「……何があった？」

クレアの取り乱し方を見たヴィークは、厳しい表情になる。

「実は……」

説明を始めようとしたとき、クレアの連れはミード伯爵家の長子だと気がついたキースが割って入った。

「これは、ミード伯爵家のご子息ですね。クレア嬢はともかく、どうしてあなたがここへ」

「それがよくわからなくて。放課後にクレア嬢と話していたら彼女が急に焦りだして、気がついたら、こんな感じです」

「……禁呪のこと、ではなさそうだな」

ヴィークは、クレアとディオンを交互に見る。酷く取り乱した様子のクレアと、清々しい表情を浮かべてのほほんとしたディオン。

助けが必要な状態ということは窺えるけれど、ディオンが誰かに危害を加える状態でないことは明らかである。

「相談があるのは、俺に対してではなかったのか？」

「もちろんそうだったのですが、これは別件で」

慌てて、ヴィークにも話をする気があるのだと示すと、ヴィークは緊張を緩めたように見えた。

「冗談だ。……相談なら、隣の応接室を使うといい。リュイ、任せたぞ」

「御意」

応接室に移動したクレアは、隣にディオンを座らせてさっき起こったことをかいつまんで話した。

ディオンと話していて、とある原因で魔力が暴走しそうになってしまったこと。

その直後から彼の様子がおかしく、クレアの言動に影響を受けている気がすること。

「……なるほどね」

一通り話を聞き終わったリュイは、斜め向かいのディオンに向き直る。

「手を貸してもらえるかな」

「もちろんいいですよ」

ディオンは快諾して、両手をリュイに差し出す。二人のやり取りを見ていたクレアは、慌ててリュイに囁いた。

「リュイ様、加護は」

「もともとかけてあるので大丈夫です。それに……多分、必要ないと思います。……だよね?」

リュイはクレアではなくディオンに確認する。その瞳には何か確信めいたものがあるように見えた。

「ああ。安心してください」

「では始めるね」

リュイは目を瞑(つむ)ってディオンの手を握った。ディオンの魔力の流れをじっくり見ている
ようである。

「うん、わかりました」

数秒の後、リュイはパッと目を開けてあっさりとディオンの手を放す。

「話の内容からすると、クレア嬢は、彼の意思を魔力でコントロール下に置いてしまった
のではないかと心配しているのですよね」

「ええ」

「結論から言うと、その通りです。しかも、これは洗脳ではなく魅了だと思います」

「み、魅了?」

「そう、魅了。それにしても本当に上手にかけましたね。綻びがまるでない」

訳がわからず混乱しているクレアを、リュイはなぜか褒めた。

「へぇ。僕、クレア嬢に魅了されちゃったんだ。……悪くないね」

ディオンも怒っても良さそうなものなのに、まんざらでもない。相変わらず、あっけら
かんと爽やかに微笑んでいる。

（これは、笑い事ではないわ）

「あ、あの！　リュイ様なら……この魅了を解けますよね？」

「うーん。これは無理ですね。洗脳なら、訓練を受けた者や聖女に診てもらえば治りますが、魅了はもっと根本的なものですから。……魅了のことはもちろん知識としてはありますが、実際にかかった人を見たのは初めてです」

クレアの問いに答えるリュイはどこか楽しげで。クールに微笑んではいるけれど、明らかに面白がっている。

「そんな……」

「相手に強烈に共感したり、もしくはそれまでの境遇に強い猜疑心を抱いていないと魅了にはなりません。今回は、いろいろな要因が重なってしまったのではないでしょうか」

「ああ確かに。僕、クレア嬢みたいに生きたいって思っちゃったもん。そう思ったら、神のような存在だったおじい様が一瞬にして崩れ去った感じ」

手で大げさに何かが崩れるような動作をしながら、ディオンはあっけらかんとして言う。

「では、元に戻すにはどうしたらいいのでしょうか」

リュイとディオンの会話にはまるでランチメニューを決めるかのような気安さが感じられるが、対照的にクレアは青ざめていた。

「戻すのはほぼ無理と言っていいでしょう」

「うん。だけど僕は別にこのままでいいかな。何だか頭もすっきりしてるし。こんなに気分がいいのは久しぶりだ」

「そんな……！」

リュイとディオンがにこやかに視線を交わす中、手の震えが止まらなくて、クレアは拳をぎゅっと握りしめる。

自分が意図せず誰かの意思を変えてしまったことがとても怖かったのだ。

「それにしても、あのミード伯爵家の嫡男があっさり魅了にかかるほどの猜疑心の方に興味があるな。主君を呼んできてもいい？」

「もちろん。何でもお話しますよ」

そこには、ミード伯爵家の跡取りの姿はどこにもなかった。

ヴィークたちを呼ぶためにリュイが隣室へ戻ったのを確認すると、ディオンはクレアに囁いた。

「ねえ。クレア嬢ってヴィーク殿下やリュイ様とこんなに距離があったっけ？　もっと仲良しに見えたのは気のせい？」

「それは……実は、私はこれが二度目だということを誰にもお話ししていないのです」

「そうなんだ⁉　でも、ヴィーク殿下は話せば信じてくれる感じがするけど」

純粋に助言をくれたディオンに、クレアはひどくほっとした。考えてみれば、この話を誰かに話したのはやり直しを選択してから初めてだった。

「……私もそう思っています。ですが、真実を明かすタイミングは私にお任せいただいてもよろしいでしょうか」

「わかったよ、クレア嬢」

優しく微笑むディオンにクレアが頷いたところで、ヴィークが側近たちを伴ってやってきた。

「それで、話を聞こうか」

ソファに腰を下ろし、腕組みをしたヴィークが言う。ディオンに鋭く向けられている眼光からは、つい先ほどまで軽口を叩いていた姿を想像できない。

「聞かれたことには全部答えますよ、殿下」

ディオンが、相変わらずの毒気のない微笑みで答えた。

(さっき、ディオン様は何でも話すとおっしゃっていたけれど……私たちの人生が二度目だということを明かさずにどうするのかしら)

「……ふっ。そういうことか」

ディオンの振る舞いは、黒い噂が多く不自然な特権も数多く有する『ミード伯爵家の長男』としては軽すぎる。

リュイから軽く事情を聞いてからこの部屋に来たとはいえ、ヴィークは少々面食らった様子で表情を崩す。

「さっき、クレア嬢から聞いた話はこう。二人はお互いの家のことを話していた。その中でクレアの魔力が暴走しかけてしまい、結果、話していた内容に呼応してディオンが魅了されてしまった、と」

「そうですね」

ディオンがリュイの説明に相槌を打つと、間髪を入れずにヴィークが問いかける。

「話していた、家に関する内容とは」

「殿下が想像している通りの、とっても悪いことですよ。王位を我が一族に取り戻したいとか、そういう類のものです」

宣言通り、ディオンにはミード伯爵家が抱える黒い部分を全く隠す気がないようだ。加えて、クレアの頼み通り核となる部分はぼかして話してくれていた。

様子がかなりおかしくはあるけれど、ディオンはクレアの味方のようだ。さらに彼は続ける。

「望み薄の野望とかそういうレベルの話ではなく、当家の当主と前当主が今も実際に動いています。今回、僕が王立学校に転入したのは、王都ウルツでの様子を把握するように前当主の命を受けたからです。しかし偶然、クレア嬢にそのことを悟られてしまいました。それで、家の事情とかいろいろ話しているうちに……うっかり魅了されちゃいました」

「「「「……」」」」

話している内容とディオンの語り口の軽さとのあまりのギャップに、応接室には微妙な空気が流れる。

そして、魅了ゆえのキラキラした笑顔でディオンは言う。

「クレア嬢は本当に格好いいですね。僕の神は、今日で変わった」

「あ……ああ……」

ヴィークですらぴりっとした空気に戻せないことに業を煮やしたキースが、責め立てるような口調で問いかける。

「王都ウルツでの様子を把握するように、ということは殿下の周辺を探って行動に移すタイミングを見計らうという意味だろう。……未遂でも、計画だけで十分に重罪だぞ。わかっているのか！」

「それは本当におっしゃる通りです、キース様。ですから僕は、王家に何でも協力しますし処刑以外ならどんな処罰でも受けます。ただ、処刑だけは。……僕は、クレア嬢のように自由に生きてみたい」

ふわふわとした言動を続けていたディオンだったが、この言葉にだけは力がこもっていた。

「……その計画は、いつ頃実行に移される」

「一年以内の予定でした。しかし僕の任務が完全に失敗だったとなると、すぐに動く可能性もあります」

「事情はわかった」

キースとディオンのやり取りを聞いていたヴィークが、声色を変えずに言う。

「リュイ。彼にかけられた魅了の状態について、詳しく説明を」

「本人の深層心理に呼応してしまったものだから、相当複雑で強い。というか、ほぼ意思が塗り替えられたと言ってもいいと思う。心配なら聖女に診てもらってもいいとは思うけど、見立ては変わらないんじゃないかな」

「……王立学校で先生に聞いた通りだな。この話が外に漏れてしまうことを考えれば、聖女のところへ連れていくのは得策ではないか」

ヴィークの言葉に、キースには焦りの表情が浮かぶ。

「……では、殿下。国王陛下への報告は」

「今はしなくていい。状況を見て、近いうちに俺から必ずする。……いいな、キース」

「……御意」

有無を言わせないヴィークの険しい目つきに、キースは折れた。

「それで」

ヴィークの眼差しがこちら側に向けられる。今度は、クレアの番だった。

「クレア嬢は、優秀な師についていたと言っていたな。どの程度身を守れるのだ」

「加護と……退避のための転移魔法があります。ですから私は大丈夫です」

「自分の身を守れるからこそ、ミード伯爵家のことを知りながらも今回のような行動に至ったことは想像に難くない。それ自体を責めることはしない。……だが、無茶はするな」

それは優しい声色だったけれど、言葉にはクレアを純粋に心配しているという心情の他に、ノストン国からの賓客を危険に晒せないというパフィート国側の立場も滲み出ていた。

(私は、何ということをしてしまったの)

「申し訳ございません、殿下」

自分の軽率な行動を反省したクレアは頭を下げる。

「……いや、結果から言うとお手柄なんだけどな」

「それで、僕はどうしたらいいのかな」

ディオンがニコニコと一同を見回しながら言う。

「僕を投獄せずにしばらく様子見、ってことは、僕にも何か仕事があるんですよね、殿下?」

クレアに柔らかい視線を向けていたヴィークの瞳に鋭さが戻り、急に引き締まる。

「ああ。もちろんだ」

その日から、ディオンは王宮内の客間に泊まることになった。

本当は、ミード伯爵家から明確な証拠を手に入れるために動くべきところだったが、ディオンのあまりにも邪気がなく爽やかな立ち振る舞いが危なっかしすぎてその案は消えた。

企み（たくら）が全て筒抜けになっているとミード伯爵家に気づかれた場合、捨て身でクーデターを即実行に移される可能性もある。事態の推移を慎重に見守るための策だった。

しかし、ディオンがこちら側になってしまったことを長く隠すのは難しい。というわけで、なるべく早く動くためディオンの客室に集まって作戦会議を開くことになった。

夕食後の時間。外はすっかり暗くなっている。全員が座れるだけのソファが置かれた広い客間に紅茶と軽食が準備された。

こんなとき、飲み物のラインナップにはお酒が交ざることも多かったけれど、今日はなしである。

（こうやってみんなとゆっくり話せるのは久しぶりだわ）

そんな場合ではないと思いつつ、クレアは席についたかつての友人たちの顔を眺めていた。

「表向きは、当初のミード家の狙い通り、王立学校でヴィークに取り入ることを成功させたっていう風に見せるのがいいんじゃない」

ドニの意見にキースが同意する。

「だな。現状、ミード家が王家への反逆の意思を持っているという証拠は、ディオンの証言だけだ。このまま明確な証拠がないうちに動いて、妄言だと言われたらどうしようもない。さっきは熱くなってすまなかった」

キースに頭を下げられたヴィークは、しばらく考え込んだ後に呟く。

「……いや。俺も正直なところ少し迷った。……だが……」

「ヴィーク殿下の懸念通り、うちのおじい様はあっさり僕のことを切り捨てると思うよ。死に損は嫌だなぁ」

ヴィークの歯切れの悪さに、言わんとすることを察したディオンはあっさりと言った。

それを聞いて、クレアは手元のカップに視線を落とす。自分の境遇を重ねたのはもちろんだったけれど、ディオンの明るさが魅了だけによるものとはどうしても思えなかったのだ。

(ディオン様は、元々は朗らかな方だったのかもしれないわ。家からの期待と、自分に求められる役割と……。これまでどれだけの葛藤があったことか)

「で。今朝言っていた相談とは何だったのだ、クレア嬢?」

完全に油断していたところでいきなり核心に迫る質問がヴィークから飛んできたので、クレアは肩をびくりと震わせた。

「いえ、あの」

「俺はそんなに頼りないか」

「いえ、そのようなことは」

何から話したらいいのかわからなくて、しどろもどろになる。

自分の母親が旧リンデル国王族の末裔だったこと。一年先から、やり直しのためにここに戻ってきたこと。

そもそも、全てを正直に話したところでどれぐらい信じてもらえるのだろうか、という不安もあった。

けれど今日の放課後、ディオンと対峙したクレアを魔力が制御できなくなるほどの怒りが襲ったことは、この場にいる全員が察していた。

「……クレア嬢には、勝手ながら初めて会ったときから親近感を持っています。もしよろしければ、今日は友人として振る舞ってもよろしいでしょうか」

リュイの声に、クレアは目を瞬かせる。

「友人、でしょうか……?」

「ええ。……留学先の王族とその側近には話しにくいことでも、友人だったら頼れるんじゃない？　どうかな」

急にリュイの口調は砕けたものになって。その懐かしい感覚に、胸がいっぱいになっていく。

「それいいね！　今だけじゃなく、これからずっと僕のことはドニって呼んでね。クレアお嬢様とは友達だから！」

「私のことも、リュイと」

「では、俺のこともキースと名前で呼んでくれるか」

口々に続く側近たちを満足そうに眺めた後、ヴィークがやっと口を開いた。

「……それで、クレア。話してくれるな?」

もう二度とそう呼ばれることはないかもしれない、と思っていたのに。

鼻の奥がつんとするのを堪えて、クレアは頷いた。

「私の母は、旧リンデル国王族の末裔でした。幼い頃にパフィート国の辺境伯家から襲撃を受け、何とか逃がされて生きてきました。けれど、私が五歳の頃にミード伯爵家によって殺されました。今日、私の魔力が暴走しそうになったのはディオン様とその話をしたからです」

「待て。いろいろ突っ込んで聞きたいが……まずそこには国家機密が含まれている。どうやってそれを」

焦った様子で片手をあげたヴィークを見て、クレアはディオンへと視線を送る。

軽食のサンドイッチをつまんでいた彼が人懐っこい笑顔でうんうんと同意してくれたのを確認して、話し始める。

「……何から説明すればいいのかわからないけれど……。まず、今、一番気になってることを確認させてください。……ディオン様はオズワルド殿下のことを知っているのよね」

この問いは、パフィート国の国民であれば誰もが答えられるはずの簡単な質問だった。ヴィークたちの顔には疑問符が浮かんでいる。けれど、ディオンはクレアの意図を正しく理解したようである。

「うん、もちろん。どこまで話していいのかな？」

「ディオン様だけが知っている全てを」

「了解」

「オズワルド殿下って、どういうことなんだ？　クレア」

「いい。……続けろ」

キースが割って入ろうとするのをヴィークは止めた。

二人のやり取りを聞いていたヴィークは、ミード伯爵家の策略に兄が何らかの理由で関わっている可能性を察したようだ。

「まず、一度目のことだね。秘密裏に処理されているけれど、オズワルド殿下は、ヴィーク殿下に毒を盛ろうとしたと言われているんだ。まぁ、随分杜撰な作戦だったみたいで、あっさり失敗したよね。クレアがパフィート国にやってくる半年ほど前のことかな。同時に、彼を推していたリウ侯爵家も没落した」

ディオンが一息に話し終わったところで、キースが頭を抱える。

「ちょっと待て。それは一体どういうことだ。最初から最後まで全て、理解できる部分が少しもないのだが」

「うん。全然意味がわかんない。そもそも、オズワルド殿下がヴィークに毒を盛ろうとなんてしたことないし。もしあったとしたら、僕たちが知らないはずないよね」

珍しくドニも困惑している。それはクレアも同じだった。

「……まさか、そんなことが」

何げなくディオンを肯定するリュイの言葉に、クレアの目の前は暗くなる。

「でも、これからの計画としてはありうるね。毒っていうのが妙にリアルな感じがするな」

（可能性はゼロではないと思っていたけれど、まさか本当にヴィークをそんな事件が襲っていたなんて）

クレアが知っているヴィークは、いつも自信たっぷりで求心力があり、そして優しさに満ち溢れていた。若さにそぐわない厳しさや判断力も彼のオーラを増していた。

それらが全て、大国の王位継承者として生まれたゆえに背負わなければいけない苛烈な運命のもとに積み上げられたものだとしたら。

そう思うと、クレアは、言葉では表現しがたい感情に押し潰されそうだった。

「……大丈夫か。顔が真っ青だ」

ふわりと懐かしい匂いがして、いつの間にか俯いていたクレアは顔を上げた。ヴィークが自分の上着を肩にかけてくれたのだと知り、慌ててお礼を告げる。

「ありがとうございます。大丈夫ですわ」

「今日はいろいろなことがあっただろう。無理せず話はまたの機会でもいい。……リュイ、クレアを離宮まで」

「……待って。まだ、話はここからなの」

「どういうことだ？」

少しの躊躇いの後、クレアは口を開く。

「……私は、ディオン様が今話した内容をこれから起きることだと信じるわ。なぜなら、彼と私は未来を知っているから。私はディオン様を巻き込んで時間を戻り、今から一年後の世界からやってきたの」

「クレア……？」

リュイの戸惑ったような声に重ねて、クレアは続ける。

「今はまだ信じてくれなくてもいいわ。でも、私はまだ皆が私に話していないことをたくさん知っているの」

自分が二度目の人生を送っていることを信じてもらうには、とにかく話をするしかないのだろう。

友人として一緒に過ごした時間の数々。

もうそれらはクレアだけの思い出になってしまったけれど、ヴィークを守るための手段として使えると思えばうれしかった。

「リュイは……クールに見えるけれど、心の中は熱くてとても強く、優しい人。紅茶はいつもストレートしか飲まないの。ヴィークのことを弟のようだとよく言っていたわ。お兄様との剣の練習をきっかけに、護衛として引き抜かれたと聞きました」

「……！」

リュイの瞳が驚きで揺れている。当然である。クレアが話した内容はまだこの人生では誰も触れていないことなのだから。

「重要な任務の前の、緊張感に満ちた横顔が私はとても好き。私は、あなたを守りたかった」

「……」

何かを言おうとしたリュイだったが、クレアが続ける言葉に考え込んでしまった。

「……クレアお嬢様。じゃあ、僕は？」

初めは困惑していたドニがクレアに聞く。リュイの背景を言い当てたことで、真実味があると判断したようだ。場を和ませようと少しふざけた口調なのが彼らしいけれど、瞳の奥は真剣だ。

「いつも女の子に囲まれてパーティーばかりしているけれど、王立学校を首席で卒業した秀才なのよね。先の世界では、リュイも悔しがっていたわ。そして、すごく気遣いができる人よ。外でお酒を飲むときは、自分はほとんど飲まないの。いつもナッツばかり食べていた気がする」

「……クレアお嬢様にものすごく褒めてもらった気がするけど……合ってる？」

「合ってる」

ドニとリュイの相槌に微笑んでから、クレアはキースに視線を向けた。

「キースは、何かあるといつも真っ先に盾になる人ね。すっごく怖いお姉さまがいらっしゃると言っていたわ。先の世界でヴィークとドニに聞いたのだけれど、こんなに優しくて強いキースなのに、お姉さまを怖がっているだなんて面白くて私笑ってしまったの。結局お会いできなかったけれど、今回は会ってみたいわ」

「……うちの姉を、知っているのか」

キースの呟きの後ろで、ヴィークとドニの顔が引きつった。その、何でもない日常の気配が懐かしい。

二度目の人生、クレアがヴィークと関わるのは王立学校でだけだった。

側近である彼らとは一緒に過ごす時間がなかったため、クレアの言葉はとにかく驚きをもって迎えられていた。

「クレア。その……時間を戻す魔法、はどうやって発動させるのかな。聞いたことがないのだけれど」

リュイの問いに答えようとしたクレアの頭には、なぜかもやがかかったようになる。何となくは思い出せそうになるのだけれど、言葉にできるほどはっきりとはしないのだ。

（あちらの世界も現実のはずなのに……まるで、夢を見てきたみたい。それに……ここがゲーム……の世界？　……だなんて言えるはずがない）

「すごく悲しい出来事があったのです。それで、過去に戻りたい、やり直したいと思っていたら、なぜか魔力を使い果たしたタイミングでその出来事の起点となる場所に戻ってしまったの。ディオン様と魔力を共有していたから、彼も道連れになってしまったわ」

「「「「！！！」」」」

ヴィークたちの目線が、一気にディオンに集まった。

「あ、僕はさっきクレア嬢に魅了されるまで悪いやつだったからね。一度目のときも、クレア嬢の魔力を弱めようと禁呪を放ってあっさり跳ね返されちゃったんだ」

「まじか……」

屈託のない笑顔を浮かべるディオンと呆れた表情のドニを、ヴィークは一瞥した。

「……クレアは、それほどの魔力の持ち主なのか」

「洗礼は、母親の出生地の教会で行われるでしょう？　私の母は、自分が旧リンデル国王族だという真実を告げることなく亡くなってしまった。だから、ノストン国で受けた洗礼では本来の色の魔力が目覚めさせられなくて……ちょうど、皆さんにリンデル島の聖泉でお会いしたときは本当の洗礼を受けた直後だったのです」

「それで、妹の方が優秀だと繰り返していたのか」

「ノストン国ではそう思われていますし、それでいいと思っています」

——自分がいたい場所はそこではないのだから。

つい、そんな言葉がこぼれそうになってクレアは話題を変えた。

「……魔力の色は自分でもわからないの。一度目の人生で偶然リュイが洗礼の場にいたのだけれど、見たことがない色だと言っていたわ」

「さらに上か。……まだ、世界に存在したことがない色。それで、ミード伯爵家はクレアが洗礼を受けるのを止めるため、リンデル島の聖泉を埋めようとしたんだね」

皆、さすがに困惑している様子だったが、リュイだけは納得したようである。

「しかし、ミード伯爵家の野心とノストン国の公爵家出身であるクレアの魔力に何の関係があるのだ」

「それは……」

ヴィークからの問いに、ディオンが詰まった。

「それは、私が将来、パフィート国の魔術師として王家の盾になるからです」

事実とは違うのは十分にわかっている。けれど、クレアにはそれ以外の理由が見つからなかった。

私はあなたと婚約していました、などと言えるはずがない。

「なるほど。この留学はその未来に繋がっているということか」

「いいえ。私は留学生ではありませんでした。一度目の人生、私は家に居場所がなくなってノストン国の王立貴族学院を逃げ出したのです。その途中、イーアスの街で皆さんにパフィート国へと誘っていただきました。それが、今から半年ほど後の出来事になります。そして、殿下に誘われて王立学校へ通うことになりました」

「……わかった。それが、『オズワルド殿下を知っているか』の問いに続くのだな。つまり、クレアが知っている半年後に、兄上はいなかった、と」

ヴィークの言葉に、クレアは躊躇いながらもこくりと頷いた。

さっきまでは比較的和やかだったはずの部屋に、しんとした空気が流れる。

けれど、ヴィークも、リュイも、キースも、ドニも。そこまで動揺している様子は見られなかった。

「大丈夫だ。よくあることだ」

その、たった一言に彼が背負っている大国の王位継承者としての重責が感じられて。

クレアはただ、頷くことしかできなかった。

「……クレアとディオンの話を総合的に考えると、ミード伯爵家とオズワルド殿下、そしてリウ侯爵家はパフィート国の実権を握る機会をずっと窺っている。そしてクレアはその障害になり得ると認識されている、ということでいいか」

「うーん。キース様、それはちょっと違うかも。一度目の世界では、うち・オズワルド殿下・リウ侯爵家はそれぞれ別々に王位を狙ってたと思うんだ。僕もその頃は知らなかったから断言はできないんだけど。でも今回、三者は共謀しているから、計画はもっと違って面倒なものになるかなって」

「なるほど。ヴィーク、やはり俺はこのことを国王陛下に報告しなければいけない。俺たちに許された範疇を完全に超えている」

厳しい目をしたキースに、ヴィークは息を吐いた。

「悔しいが同感だ。これから国王陛下のところへ報告に行ってくる」

ノストン国の第一王子・アスベルトの執務室。

「殿下、こちらの書類はどうしましょうか」

「ああ、こっちが片付いたらすぐに取りかかる」

アスベルトや側近たちが執務に没頭しているのを、新しい婚約者の座に収まったシャーロットは端に置かれたソファからじっと眺めていた。

目の前に置かれた一人分のカップとお茶菓子。クッキーは、シャーロットが嫌いなココナッツ入りのものだけが残されている。

冷めたお茶と嫌いなお菓子。退屈の象徴でしかない。

（お茶に誘ってくださったから来たのに！　場所は執務室でしかもたった一〇分で仕事に戻るなんて！　つまんない！）

普段、アスベルトは他の学生と同様に王立貴族学院の寄宿舎で暮らしている。休日だけは王宮に戻り、公務や書類仕事をこなすという多忙な日々を送っていた。

けれど忙しい中でも、アスベルトはクレアに言われた通りシャーロットに頻繁に手紙を書いているし、学院ではシャーロットを側に置いている。

今日はこうしてお茶にも誘った。しかし、『時間があるとき』の意味をどうもはき違えているのが彼らしい。

シャーロットは、すっかり冷めてしまった紅茶が入ったティーカップをつまんでため息をついた。

（アスベルト様は私との婚約を喜んでいる……のよね？）

シャーロットの視線に気がついたアスベルトが言う。

「……お茶のお代わりを持ってこさせようか」

「ありがとうございます。この紅茶、本当においしいです」

シャーロットは崩れた表情を慌てて隠し、ふわりと愛らしく笑ってみせる。

「それはよかった。この紅茶は、以前クレアに教えてもらったものなのだ。かわいい妹にぴったりだと」

「まあ、クレアお姉さまが」

（またお姉さま！）

内心、シャーロットは面白くない。頻繁に届く手紙も、こうして準備されるお茶も、全てクレアに関するものばかりだったからだ。

『姉がいなくなって寂しくないか』に始まり、『姉から連絡はあったか』『姉の好きな花が描かれた便箋をシャーロットに贈りたい』と続き、今日は『クレアに教わった紅茶』だ。

（私だって、アスベルト様ルートが進む前にクレアお姉さまがいなくなるのは想定外だったわよ！　大体にして、婚約者を呼んでおいてこの仕打ちって何⁉　これは何のイベントなの？　ていうか攻略対象じゃなくてもこんな気がつかない男お断りよ！）

さらに、シャーロットにはもう一つ面白くないことがあった。それはクレアの依頼でつけられた教育係に関してである。

シャーロットの教育係は、王宮の教会で聖女を務める叔母・アン。

明るく朗らかで多くの人を惹（ひ）きつける性質のアンは、シャーロットからするとほぼクレアである。

その上、自分が目覚めさせる予定の魔力と同じ色を持っている。

クレアの洗礼に立ち会い、周囲の手のひら返しを目前で目撃したシャーロットにとっては、洗礼を迎えた後に彼女と同格として扱われるのが嫌だった。

(教会で静かに暮らしているだけならいいけど……王妃教育を先導されたら、ずっと口出しされるじゃないの！　しかも、優しいかと思えば教育の内容にはやたらと厳しいし！毎週毎週あんなに絞られて、宿題まで出されたらアスベルト様の婚約者としてちやほやされる学院生活を楽しめないじゃないの！)

「あー……つまらないわ……」

シャーロットの小声の呟きは、アスベルトの耳には届かない。眩しく、バラ色に見えた『第一王子の婚約者』としての立場は意外と険しかった。

シャーロットは、人目を憚らず応接室のソファに手足を投げ出したのだった。

シャーロットが退屈なティータイムを終えて帰宅した後、アスベルトの執務室にはオスカーがやってきていた。

「アスベルト殿下、こちらの裁可もお願いいたします」

「ああ。……最近、連絡は来ていないか」

「連絡、とおっしゃいますと……？」

心底不思議そうに片眉を上げたオスカーに、アスベルトは早口で答える。

「妹のクレア嬢からだ。夏の長期休暇もマルティーノ公爵家には戻らずパフィート国で過ごしたのだろう。兄として心配では？　一体向こうではどんな暮らしを？　苦労はしていないのだろうか？　クレア嬢は一体いつ戻るのだ？」

「クレアは、パフィート国の王立学校を卒業するまではこの国に戻らないかと。本人も、いろいろと複雑な事情があることを理解していますから」

オスカーはそう言うと、部屋の端に置かれたままのティーカップに視線を送った。それを見て、アスベルトはため息をつく。

「……それもそうだな」

「ですが、妹は持ち前の勤勉さで大きな収穫を得るでしょう。手紙によるとパフィート国の次期王太子ヴィーク殿下とも親しくしているようです。……きっと今後のノストン国のことを考えて動いているのかと」

「……ヴィーク殿下と親しいのか。彼の評判は聞いたことがある」

「要望通り、パフィート国では王宮内に大きな部屋も与えられていました。アスベルト殿下のご配慮、感謝申し上げます」

オスカーはきびきびと礼をすると執務室から出ていった。それを見送ってから、アスベルトは力なく言う。

「……サロモン」

「はい」

「クレアが落ち着いたら、彼女が好きだと言っていた花の便箋を送ろうと思っていた。先日シャーロットに贈ったものは、その余りなのだ。手配を」

「殿下……便箋を贈るということは、手紙を催促しているという意味にもなります。元婚約者に、さすがにそれはないかと。それに、シャーロット嬢に贈ったものが余りなどと口にしては」

サロモンの意見は至極まともなものだった。

「……確かに、その通りか」

肩を落としているアスベルトに、サロモンはさらりと言う。

「クレア嬢はすっかり前を向いているようです。殿下は、シャーロット嬢のことを大切になさるべきかと」

「……俺は、クレアに教えられた通りにしている」

（彼女は……いつかこの国に帰ってきてくれるのだろうか）

アスベルトは、美しい花が織り込まれた便箋を所在なげに眺めていた。

ディオンがクレアに魅了されてから一週間ほど。ヴィークたち四人とクレア・ディオンは毎晩のように客間に集まっていた。

「では、クレアが二度目の人生を送っていることはディオン以外誰も知らないのだな」

「はい、そうです。僕はそれを知った瞬間クレアに魅了されちゃったのですが……。元々、クレアが転入してくるまでにヴィーク殿下と仲良くなっておこうっていう計画もうちだけのものでしたし。三者が結託しているとはいえ、その後を睨んでいろいろと駆け引きはありますから」

ヴィークの問いに、ディオンはもくもくとカップケーキを頬張る手を止める。無邪気に振る舞っているものの、ヴィークに対してはしっかりと敬意を払っているようだ。

かなり物騒な話題だけれど、ディオンの爽やかさのおかげでかなり中和されていて雰囲気は和やか。クレアも、気を引き締めつつ楽しい時間を過ごしていた。

「それにしても……ミード伯爵家の禁呪の使い手が食いしん坊の甘党なんてね」

リュイの苦笑に、ディオンは不思議そうに首をかしげる。

「小さい頃は好きだった気がするんだけど、いつの間にかあまり食べなくなっていたんだよね。でも、クレア嬢に魅了してもらったら食べ物がおいしくて」

「ぷっ。言い方」

ドニの突っ込みに、部屋にはまた笑いが溢れた。

王立学校では、クレア・ヴィーク・ディオンの三人は同じクラスになった。作戦がうまくいっていると思わせるためにヴィークとディオンは一緒に行動している。

しかし、ディオンはクレアには学校で絶対に話しかけてこない。ミード伯爵家の注意がクレアに向くのを避けるためだった。

「私は……本当にミード伯爵家からまだノストン国にいると思われているの？　パフィート国では分不相応な待遇で迎え入れていただいて……良くない意味で知られているのではと思っていたのだけれど」

「うーん。ミード伯爵家は王家から嫌われてるからねぇ。頻繁な行き来はないし、どの貴族からも敬遠されてる。王宮に住む留学生が増えたぐらいの小さな情報は入ってこないかな。本当なら、僕がその間諜の役目も果たすはずだったんだけど、改心しちゃったし。だから、クレア嬢にオズワルド殿下・リウ侯爵家のどちらかが目を付けない限りは安全だと思うんだよね」

「なるほど。王家も、ミード伯爵家からは距離を置いている」

ディオンの答えに、ヴィークが頷いた。

「まぁ、抜け駆けしてクレア嬢を手に入れたいのがうちの魂胆ですから。規格外の魔力を秘めたクレア・マルティーノの存在は口にしないのでは。ただ、もたもたしていたら面倒なことになるとは思いますが」

ディオンはヴィーク用の丁寧な言葉遣いで説明を終えた。

カーテンは開いているけれど、外はすっかり暗い。広い王宮の敷地のそのはるか遠くに城下町の灯りが見えて。

(あまり遅くなるとソフィーが心配するわ。そろそろ離宮に戻らなければ)

会話がひと段落したのを見計らって、クレアは席を立った。

「もう遅いし、今日は失礼するわ」

それに反応して、いつもヴィークからクレアを送るように命じられるリュイも立ち上がろうとする。けれど、今日はそれをヴィークが止めた。

「いや、今日はいい」

「わかった」

リュイは即座に引き下がって、何も言わない。

微妙な間と不自然さにクレアは違和感を覚えたけれど、特段気にするようなことでもなかった。

「……?　ええ、大丈夫よ。一人で帰れるわ」

「そういう意味じゃない」

「?」

「俺が送る」

「……あの、それは」

ヴィークがスッと立ち上がったことで、やっと『今日はいい』の意味を理解したクレアは目を泳がせる。

「行くぞ」

「おやすみなさーい、クレアお嬢様」

「お、おやすみなさい、皆様」

ひらひらと楽しげに手を振るドニを筆頭に、温かい微笑みを浮かべる友人たちに見送られクレアは部屋を出た。


クレアを送るのにヴィークが選んだのは、裏庭を突っ切る近道ではなく豪華な回廊を歩き続ける正規のルートだった。

随分長く話し込んでいたため、すっかり夜は更けている。一階に下りてしまうと、ディオンの部屋から見えた城下町の煌々（こうこう）とした眩しさは見えない。

さっきまで賑やかに話していたはずなのに、なぜか会話はなかった。

コツコツという靴の音だけが大理石に響いている。

秋の夜の不思議な静寂の中に点々と回廊を照らす柔らかな灯りが浮かんで、とても綺麗だ。

ヴィークはクレアの少しだけ前を歩いている。本当は並んでみたかったけれど、それは憚られた。

(前も、こんな風に歩いたことがたくさんあったわ)

一度目の人生、クレアと出会ったヴィークはすぐに好意を示してくれた。

それは戸惑いと同時に、喜びでもあって。自分との立場の違いを認識しながらも、クレアはヴィークに惹かれていった。

(友人になれただけでもう十分。私の目的は、ノストン国とパフィート国両国の平和なんだから。これ以上、贅沢を言ってはいけない)

「……随分静かだな?」

「ヴィーク殿下こそ」

急にこちらを振り返ったヴィークの瞳が柔らかく、優しく見えた。クレアは自然とこの色を知っている、と思ってしまう。

「そういえば、何で俺にだけ敬称を付けるんだ? 友人ではなかったか?」

「一応……私は手厚く見ていただいている留学生だもの」

ディオンを魅了してしまった日、クレアはヴィークの友人になった。それからずっと、リュイたちの名前を呼び捨てにさせてもらっている。

けれど、ヴィークのことだけはどうしても敬称なしでは呼べなかった。

「それな……」

と言いかけたところで、ヴィークは回廊の柱の陰にクレアを引き込む。

（……！）

急に掴まれた腕と、迫ってくる懐かしい匂い。けれど、少し様子がおかしい。

「ヴィーク殿下……？」

クレアの問いかけには答えず、ヴィークは唇に人差し指を立てて少し離れた場所を注視している。

（……？）

無言でヴィークの視線の先を辿ると、そこにはオズワルドと見覚えのある背の高い男性が話し込んでいるのが見えた。

「兄上とリウ侯爵だ」

「あの方が、オズワルド殿下やミード伯爵家と組んでいるというリウ侯爵……。私、以前にも二人が人目につかない場所でお話しされているのを見たことがあるわ」

「まぁ、ディオンの話からするとそうだろうな」

囁く声はいつもと変わらないけれど、今クレアはヴィークのとても近くにいる。瞳が陰って見えるのは気のせいではないだろう。

「ミード家から情報が行っていないとは言え、あまり気づかれたくないわ」

「一旦、戻るか」

クレアは首を横に振ってヴィークの手を握る。

「え」

急に手を握られたことに驚いたヴィークが声を漏らしそうになった次の瞬間。二人はもうクレアの部屋の中にいた。

「……クレアは……本当に気軽に転移魔法を使うな」

ヴィークは、クレアが握っていた手をまじまじと見つめながら目を丸くしている。

「ええ。まだまだ使えるものは少ないけれど、一生懸命勉強するわ。だからいざというときは頼ってくださいね」

「ディオンが言っていた通りだな。だが、個人的にはあまり気分が良いものではないな。……俺は、守る方がいい」

「ふふっ。あなたはきっとそうよね」

クスクスっと笑うクレアに一瞬驚いたような顔を見せた後、ゆっくりと息を吐いてからヴィークは目を細めた。

「……今夜は、もう少し話せると思った」

「え？」

「クレアのことを離宮まで送れば、もっと話せると思った。でもあっという間に着いてしまったな」

照れたような、悔しいような。自分の髪をくしゃっと掻きながら、ヴィークは複雑そうな表情を浮かべている。

あまりにストレートな表現に、クレアの方も返す言葉が見つからない。

（いま、ヴィークが来た道を帰ったら、きっとあの二人の密談に出くわしてしまうわ）

（でも、中庭を突き抜ける近道がある。あの回廊を通らなくてもヴィークは部屋に戻れる）

（誤解を招く振る舞いは慎まなければ。でも）

ふと、一度目の人生、家庭教師を務めていたレーヌ家のクレアを訪ねてきていたヴィークの姿が思い浮かぶ。

一杯の紅茶を飲み干すまでの少しの間、他愛のない会話を楽しんだあの時間。

これが恋心なのだと気がつかなかった頃。カーテン越しに窓がノックされるのを心待ちにしていた日々が思い出されて。

早く言わなければと思うのに、おやすみなさいがなかなか口から出てこないのだ。

先に勇気を出したのはヴィークの方だった。

「……お茶を一杯だけもらってもいいか？」

「！　もちろん」

クレアは、ロビーを挟んだ先の部屋で待機していたソフィーにおやすみの挨拶を終えると静かに紅茶を淹れた。

ソファに座ったヴィークは、クレアの動きを目で追いながらどことなく落ち着きがない。

二度目の人生で貴公子然としたヴィークばかり見てきたクレアは、その懐かしさに微笑んだ。

「何だ？」

「いいえ。ただ……懐かしいなと思って」

「懐かしい……？　そうか」

「ええ」

気まずさとはまた違った沈黙が流れる。

けれど、二人とも減ることを惜しむように少しずつ紅茶に口を付ける。

「クレアは、妹とは連絡を取り合っているのか」

「私から出した手紙に返事が返ってくるのは三回に一度ぐらいかしら。王妃教育が忙しいそうで、あまり返事がないのです」

「言葉は悪いが……その妹はクレアの立場を奪ったのだろう。よくそんなに思いやりを持って接せられるな」

ヴィークの言葉に、クレアは手元のカップに視線を落とす。

　確かに、一歩引いてみれば自分は聞きわけが良い姉なのかもしれない。けれど、クレアは自分で望んでここにいるのだ。

「前にも伝えたけれど、私はそのように完璧な人間ではないの」

「……ふっ。クレアは素直かと思えば、変なところで本当に頑固だな」

　苦笑いのヴィークの顔は、どこか寂しそうで。クレアの脳裏には、さっき見たばかりのオズワルドとリウ侯爵の姿が浮かんだ。

（……）

　少しでも彼の支えになりたい、そんな気持ちがむくむくと湧いてくる。

　クレアは衝動的にティーカップをテーブルに置くと、背筋を伸ばした。

「私にヴィーク殿下の心の中に踏み込む権利はありません。ですが、友人としてお話を聞くことはできるわ。この前、あなたが聞いてくれたみたいにね」

「そうか。……ありがとう」

　そう告げてくるヴィークの表情は変わらない。

（やっぱり、私には話せないわよね）

　今回の自分の力のなさがもどかしくて心が萎みかけたとき。

「兄上と初めて会ったのは、八歳の頃だったな。キースとは違って、静かな人だと思った」

　ヴィークの言葉に、クレアは顔を上げた。

「そう……オズワルド殿下はキースと同じ年齢よね」

「ああ。異母兄がいることは知っていた。だが、複雑な事情があってそれまで会うことはなかった。当時の俺は、状況をわかりながらも兄ができることが楽しみだった」

そこから、ヴィークがクレアに話してくれたのは、一度目のクレアが知らない過去だった。

「市井暮らしだった兄上を王宮に呼び寄せたものの、次期王位継承者は俺だと決まっていた。だが、周囲の思惑も透けて見えて……兄上と仲良くしたいと口に出すことさえ許されなかったな」

「……そう。リュイに少し教えていただいたわ」

「当時の俺は、幼すぎた。頭では状況を理解していながらも、兄という存在への憧れを隠せなかった。そんな俺を窘めて傅くことは兄上にとって屈辱だったのかもしれないな」

自嘲気味に語るヴィークの表情は、一度目の人生でも見たことがないもので。クレアは相槌を打つことしかできない。

「兄上は、この城に来てからずっと俺と一定の距離を置いてきた。最近だな。やっと、目を合わせて人前で普通に会話ができるようになったのは」

「そうなのね。でも……二人が話しているのを見て、悪い感じはしなかったの。あなたを見る目が優しくて……」

「そうか」

寂しげに笑って、ヴィークは続けた。

「正直なところ、裏事情があるのではないか、あってほしいと期待してしまう」

「……」

ヴィークが、希望的観測を口にするのは珍しいことだった。

ディオンから事情を聞いてからというもの、顔色一つ変えずに今日まで来た彼の心の痛みを覗いてしまったようで。クレアは唇を噛む。

（彼のために、私ができることがあればいいのに）

一度目の人生ならまだしも、今の自分にはヴィークを抱きしめることすらできない。話を聞くだけで何も気の利いたことが言えない自分の無力さを思い知っていた。

俯いてしまったクレアに、気を取り直すようにヴィークは声をかける。

「……そういえば」

「はい」

「この前、側近たちのことを話していただろう。クレアの一度目の人生での関わりを」

「？　ええ」

お行儀よくソファに座っていたヴィークは、片足を膝の上にのせて姿勢を崩す。

「俺のことも、聞いていいか」

「……！」

しんみりした空気にすっかり浸っていたクレアは、目を瞬かせた。これは予想外の展開である。

正直なところ、ヴィークに関しては何を話せばいいのかわからないのだ。

どの思い出も、彼との距離の近さが測れるものばかりで。察しのいい彼はクレアが婚約者だったとすぐに気づくのではないだろうか。

(そんなことを知ってしまったら、ヴィークは私に気を遣うかもしれない。そんなの絶対に嫌)

少し考えてから、クレアはなるべく伝えても問題なさそうな思い出を話すことにした。

「ヴィーク殿下には、王都ウルツを案内してもらったことがあるわ。子供の頃、お忍びで通っていたというおもちゃ屋さんに一緒に行ったの」

「……へえ」

ヴィークは意外そうな表情を見せて、身を乗り出す。

「私もあなたも、小さい頃はお父様に褒めてもらいたくて一生懸命頑張っていたみたい。

……これは、一般的なことすぎるかしら」

「そういえばそうだったな。懐かしい」

「それから……ヴィークがキースやリュイたちと王宮の庭で剣の稽古をしている頃、私も兄たちのお稽古に交ぜてもらっていたと言ったら、あなたはそれが私らしいと笑ったの。

淑女に見えないという意味だったのかしら」

「……それはどうかな。全く違う意味のような気もするが？」

ヴィークは、少しだけ頬を膨らませたクレアから目を逸らし苦笑した。

さっきまでとは違って、ゆったりとした時間が流れていく。

「そうだ。王都ウルツが見渡せる高台にも連れていってもらったのよ。ちょうど夕方で、街は幻想的に彩られて美しかったわ。でも、それ以上にパフィート国の幸せがぎゅっと凝縮されているような風景に感動したの」

その瞬間、ヴィークの目が見開かれた。さっきまで穏やかに楽しげに、話を聞いてくれていたはずなのに。

クレアに理由はわからない。けれど、とにかくヴィークは瞬きもせずまっすぐにこちらを見つめている。

「……どうかした？」

「いや。何でもない……だが、そうだったか」

ヴィークはそう言って口元を隠すように顎に手をあてた。微妙に笑みを堪えているその顔は、少し赤くなって照れているようにも見える。

「……クレアが言う『一度目の俺』がどんな存在としてあなたを見ていたのかが何となくわかったぞ。……どうやら、何度繰り返しても変わらないらしいな」

心なしか熱っぽく聞こえるその響きに、今度動揺するのはクレアの番だった。自分の頬に指先をあてると、熱い。

「紅茶のお代わりは？」

心がざわざわとしてどうしようもなくなって、クレアは立ち上がる。

それを向かいに座っていたヴィークに引っ張られ、ソファに落ちる羽目になってしまった。

「いい。……今日はそろそろ帰る。あの二人もさすがにもういないだろう」

状況が摑みきれなくてこくこくと頷くだけのクレアに、ヴィークは柔らかく微笑むと言った。

「それから……二度目の俺にも、敬称はいらない」

「……！」

クレアは回想の中で一度目のヴィークのことを呼び捨てにしていたようである。まだ言葉が返せないクレアの瞳を、ヴィークは優しく覗き込んだ。

「おやすみ」

その、心なしか甘くてひどく懐かしい響きに、今夜は眠れない気がした。

それから数日が経っても特に大きな動きはなかった。

ヴィークによると、今回の件は国王陛下の耳に入ってはいるものの、何らかの形で事態が動くまでは罪に問えないということらしい。

特に、第二王子が関わっているとなると王家の求心力に関係してくる。醜聞として扱われないよう細心の注意を払いつつ、専門の部隊が証拠を摑むため秘密裏に動いているというのが現状である。

これから何が起きるのだろうと緊張感を持って暮らしていたクレアだったが、時間が経って、少しだけ気持ちが緩み始めているのは事実だった。

「精霊よ、加護を」

朝。クレアは王立学校の制服に着替え、身支度を整えるといつものように自分に加護をかける。

(ディオンは私のことをミード伯爵家に報告していないけれど、それでも私の存在が知られるのは時間の問題のような気がする)

それを見据えて、ヴィークは事態が決着するまでの間クレアに護衛としてリュイを付けたいようだったけれど、クレアは固辞した。

自分の身は自分で守れると告げたクレアに、ヴィークはものすごく不満そうで。ちなみに、リュイとドニはその後ろで楽しそうに笑っていた。

「ソフィー、行ってまいります」

「行ってらっしゃいませ、お嬢様」

もう一度、加護がかかっていることを改めて確認し、背筋をシャンとして離宮の自室を出る。

その瞬間、クレアは固まった。

そこにはオズワルドがいたからである。

「おはようございます、クレア嬢」

「……おはようございます、オズワルド殿下」

これから執務室へ行くところなのか、オズワルドはたくさんの書類を持っていた。

ふと、彼の手元からペンが転がり落ちる。クレアはそれをスッと拾うと、手渡した。

「どうぞ」

「ありがとうございます」

ペンには紋章が刻まれていた。ヴィークの紋章は王冠と剣をモチーフにしているが、オズワルドのものは名前と盾をベースにしたシンプルなデザインで。

こんなところでも、二人が置かれた複雑な境遇を察してしまう。一瞬目を留めたクレアに気がついたのか、オズワルドは微笑んだ。

「私の紋章は、ヴィーク殿下のものとは違うのです」

「……不躾に申し訳ございません」

（それにしても、どうしてここに。この離宮に部屋を持っているのは、魔術師などの専門職の方々よ。高貴なオズワルド殿下がわざわざ出向くなんてありえないわ）

「せっかくです。離宮の正面まで一緒に参りましょう」

「いえ、そんな。恐れ多いですわ」

オズワルドの笑顔は、やはりヴィークに似ている。どうしよう、と思っているうちに、彼は歩き始めてしまった。

向かう先は当然離宮の正面。クレアも、警戒感を高めながらその少し後ろをついていくことにした。

（あら……？）

離宮の正面まで来たクレアが目にしたのは、いつもの馬車ではなかった。

よく似ているけれど、微妙に違う。これは確実に普段から王宮に出入りしている馬車ではない。

そして、御者にも見覚えがなくて。おまけに、扉は閉まったままで開けてくれる人もいない様子である。クレアは直感的に、中身を見せたくないのだろうと思った。

（これって……）

頭の中で警鐘が響き始める。

部屋を出たところで、不自然にオズワルドと会ったこと。自分とヴィークを取り巻くこの状況。そして、ミード伯爵家にはクレアの存在がいつ知られてもおかしくないこと。

馬車までは、ゆっくり歩いてもあと十数秒ほどだった。

(転移魔法で飛ぶ……？)

この危険から逃げ出す方法をクレアは考えかけたけれど。

(ヴィークは決め手となる証拠が見つかるまで動けないと言っていたわ)

誘いに乗ってはいけないことはわかっている。

ノストン国からの留学生として、軽率な振る舞いをしてはいけないことも知っている。

しかし、脳裏には魅了される前のディオンの言葉が浮かんだ。

『きみのことは、魔力に差がありすぎてどう考えても消せない』

それは、何よりもヴィークを守りたいと願うクレアを勇気づけ、突き動かすのに十分だった。

(誘拐ではなく、潜入だと思えば怖くないわ)

気がつくと、馬車の前に立っていて。

いつの間にか立ち止まっていたらしいオズワルドが背後から小声で囁いた。

「……書斎を確認してください」

「……？」

クレアにはその意味がわからない。もう一度聞こうと振り返ろうとした瞬間、馬車の扉が開いた。

「おはようございます、クレア様」

そこにいた魅惑的に煌めくイエローゴールドの瞳と艶やかな黒髪の美しい少女に、クレアは息を吞んだ。当然、制服ではない。その容姿はディオンによく似ている。

（この方は……）

これが誰なのか把握した途端、やはり予想通りだったとクレアは思いながら微笑んだ。

「おはようございます。今日は相乗りなのですね？　ご一緒しても？」

「……本当に何も知らないのね。かわいそうな子」

彼女はそう言うと、クレアの口にハンカチを当てた。

その瞬間、薬品の刺激臭が鼻をつく。

（魔法じゃない……）

当然、加護をかけているクレアに薬が効くはずはない。

ディオンの双子の妹、ディアナ。

彼女に、クレアはどこかへ連れていかれることになったようだ。

「何を……するの……」

（薬でよかったわ。魔法で攻撃されては跳ね返してしまったかもしれない）

そう思いながら、クレアは気を失ったふりをした。

どれぐらいの時間が経ったのかは正確にはわからない。しかし、そう遠くない距離を走った後、馬車はどこかの屋敷に到着した様子だった。

馬車が走っている間、クレアは意識がないふりをしながら周囲の気配を探っていた。

(この馬車には魔法を無効化する術がかけられているみたいね。だから、気を失わせるのに薬品を)

しかし、そこまで上位の色の魔力で施されたものではないらしい。これで跳ね返せるのはせいぜい淡い青ぐらいまでだろう。

一般的な貴族令嬢の魔法を無効化するには十分すぎる術ではあるけれど、クレアは違和感に襲われていた。

(ディオンの話では、ミード伯爵家は私の魔力が上位であることを知っているようだったけれど……。何かおかしいわ)

馬車が停まると、周囲には複数の人間の気配があった。引き続き気を失ったふりをしていると、体がふわりと持ち上がる。

「あっ！　その子、丁寧に運んでよね。後でおじい様に見せてびっくりさせるんだから！」

頭のすぐ上で、ディアナの怒鳴り声がする。誰かに抱きかかえられて、どこかに運ばれるらしい。

階段を上っているような感覚があって、少し行ったり来たりした後、柔らかい長椅子のようなものの上に寝かせられる感覚があった。

「ご苦労様。もう下がっていいわ」

「こちらの方の監視をしなくてもよろしいのですか」

「この部屋にも魔法を無効化する術がかけてあるもの、大丈夫よ。私もちょっとお出かけしてくるわ……だって、王都の別邸に来るのは久しぶりなんだもの！　私が王都に遊びに来たって知ったら、お父様もおじい様もきっとびっくりするわ！」

人を誘拐しておきながらあまりに緊張感のない会話に、クレアは気を失ったふりを続けたまま脱力する。

しばらくすると、ガチャッと鍵がかかる音がして、さっきまで共にいた複数の足音が遠ざかっていった。

周囲に誰もいなくなったことを確認してから、クレアはそうっと目を開ける。

「ここは……」

物置にでも連れてこられたのかと思えば、違った。

すぐに視界に飛び込んできたのは、大理石でできた真っ白い壁と、そこにかかる豪奢(ごうしゃ)な額縁で飾られた絵画。それから、重厚な白いテーブルに、深紅の絨毯(じゅうたん)。クレアが座っているのも、手触りの良いベルベット生地が張られた上質な長椅子だった。

きょろきょろと周囲を見回すと、隣室へと続く扉が見えて。恐る恐るそれを開けて覗いてみると、天蓋付きの大きなベッドがあった。

ここは明らかに、客人をもてなすための客間のようである。

「精霊よ、加護を」

さっきディアナはこの部屋に魔法を無効化する術がかけられていると言っていた。けれど、精霊への言葉と引き換えに体の表面に魔力が浮かび上がるのがわかる。どうやら、馬車にかけられていたものと同程度の効力のようだ。

(魔法は問題なく使えそうね。これなら、いつでも転移魔法で脱出できるわ)

そして、ディアナの言葉から察するにここは王都にあるミード伯爵家の別邸らしい。少なくとも、この誘拐にはオズワルドとミード伯爵家の二者が関わっている。そして、クレアはノストン国からの賓客である。

(今、私が王宮に戻れば留学生を誘拐したとして罪を問えるわ。……でも。王位を狙う陰謀に関してはまだ何の証拠もない。下手に動いては、ヴィークの足手まといになる)

クレアは覚悟を決めて、長椅子に座り直したのだった。


一方、王立学校では。

「今日、クレア様はお休みだったのですね。何かあったのでしょうか」

「そうだな。何も聞いていないが……戻ったら様子を見てみる」

リディアからの問いに、ヴィークは表情を曇らせた。

クレアが王立学校に通うようになってから、半年ほど。彼女が学校を休んだのは、初めてのことだった。

（クレアがかけられる加護の質はリュイの折り紙付きだ。何かあったわけではないと思うが……）

帰り道、馬車の中でクレアを心配するヴィークに、ディオンが言った。

「ヴィーク殿下。今夜相談しようと思っていたんですが……実は今朝、僕のところに家から不穏な手紙が来ていたんですよね」

「不穏な手紙？」

「はい。差出人は妹で『明日、家族会議をするから、適当な理由を付けて王都の別邸に戻るように』っていう内容なんですけど。妹は当主にあまり信頼されていないので、緊急性は低いと思ったんですが」

「……気になるな、それは」

ヴィークが、クレアの潜入を知ったのはそのほんの少し後のことだった。

「ヴィーク、これを」

王宮に戻ったヴィークにリュイが駆け寄る。その手には、紙の切れ端が握られていた。

「……どういうことだ、これは。確かにクレアは王立学校へ来ていなかったが」

「この手紙はさっきクレアから届いた。『今、王都内のミード伯爵家にいて、証拠を見つけてから脱出する。明日の朝まで待ってほしい』って書いてあるけど……。実際に、今朝いつもと違う馬車に乗ったところを衛兵に目撃されてる。そのとき一緒にいたのはオズワルド殿下らしいね」

「兄上はどちらに」

「それが、今日から休暇で王宮内にいないって。オズワルド殿下の側近に聞いてみたら、数日前に急に予定を空けたから大変だったらしい」

ヴィークは、ぎゅっと拳を握りしめる。

（クレア……『いざというときは頼ってくださいね』と言っていたが。……俺は）

「どうする？　クレアはこう言っているけど……すぐに助けに行きたいなら準備するよ。これは友人としての助言」

「それはもちろん今すぐに」

「だけど、こうして手紙が送れるということは魔法を無効化する部屋には入れられていないか、クレアがある程度自由に動けるという証明でもある。これは側近としての見解」

「……」

「そして、クレアの魔力はこの世界に存在したことがない色。どっちでもいいけど、どうする？」

ヴィークの脳裏には、数日前、二人だけのティータイムを過ごしたときのクレアの笑顔が思い浮かぶ。

いつも、何かを背負っているように見える彼女の覚悟が現実味を帯びて感じられた。

「……待つのは今夜中までだ。明日の朝、日が出た瞬間に迎えに行く」

「御意」


魔法を使って手紙を送り終えたクレアのところにやってきたのは、ディアナだった。

手元のトレーには軽食と飲み物がのっている。どうやら、食事を持ってきてくれたらしい。

「あ、目が覚めたのね？」

「はい。よく眠らせていただきました。ここはどこなのかと、あなたのお名前をお伺いしてもよろしいでしょうか」

「ここはミード伯爵家の別邸で、私はディアナ・ミードっていうの。……それにしても、何も聞かされずに連れてこられて、そんなにのんびりしているなんて。あなたって、本当に純粋無垢なお嬢様なのねえ」

クレアにとっては、ディアナに自分は何もわかっていない、と認識させるための言葉だったのだけれど、どうやらその必要すらなかったらしい。

しかも、この場所と自分の名前まであっさり教えてくれた。

（オズワルド殿下とミード伯爵家が絡んだ誘拐としては……やっぱり変よ）

「いつ王宮に帰していただけるのでしょうか。皆が心配していると思うのですが」

「残念だけど、もう帰れないわよ。お出かけ中のおじい様とお父様が明日の朝に帰ってくるの。そしたら、あなたのことを差し出すんだから。きっと喜んでくださるわ！」

ディアナの言葉に、クレアは自分の耳を疑った。

（……ということは、これは彼女の独断で行われたことなの⁉）

あまりの無鉄砲さに、思わずクレアの方が青くなってしまう。

「あの……勝手にこんなことをして、ディアナ様はおじい様とお父様に叱られないのですか」

「え？　いつも叱られてるわよ！　お前は馬鹿だ、って。それでいつもディオンばっかりに役目が与えられて。私だってたまには褒められたいのよ！　わかる？　この気持ち！」

「ええと、わかりません」

「そうよね、あなたは恵まれていそうだもの。本当にうらやましいわ。それにしても、どうしてあなた一人を手に入れるのにこんなまどろっこしい作戦を練っているのかしら？　ディオンをわざわざ潜入させるなんておかしいわよね」

「さぁ……それもわかりかねます」

どうやら、ディアナはクレアが持つ魔力のことを知らされていないようだ。だからこそ、この部屋にかけられた魔法を無効化する術がこんなに弱いのだろう。

(何というか……この方はそこまで悪い子ではない気がするわ……あの夜会で私に『お母様が早くに亡くなっていないかしら』と聞いてきたのも、本当に何も考えていないからという気がする)

「そうよね。……わかってくださるのは、オズワルド殿下ぐらいだわ」

クレアが抱えていた警戒感は、一気に消えていく。

「……オズワルド殿下」

「そう！　最近、おじい様がうちに取り込んだんだけどね。私の話を聞いてくれて、本当に優しいの！」

ぱぁっ、と表情が明るくなったディアナに、クレアは違和感を覚えた。

(オズワルド殿下……本当にそういうお方には見えないのだけれど。それに、さっき馬車に乗る直前におっしゃっていた言葉が気になるわ。書斎を探せ、とは)

一〇年に一度の式典の日。彼がヴィークに向けていた視線が思い浮かぶ。

憎悪や嫉妬からはほど遠く、けれど尊敬や羨望とも違う。もっと――そう、兄のような温かさを。

「今朝……私はオズワルド殿下の案内でディアナ様の馬車に乗ったのですが。お二人は協力関係にある、そういうことでしょうか？」

「そうよ。この前、オズワルド殿下がうちの領地に来たとき、二人でお話しする機会があったの！　ディオンを出し抜きたいって言ったら、あなたのことを誘拐して差し出すことの計画を考えてくれて。おじい様やお父様に内緒で実行に移せば褒められるかもしれないですね、って！」

ディアナの勢いにクレアは気圧されたけれど、とにかく大きな安堵感に包まれて、深く息を吐いた。

この、稚拙にも思えるほどの誘拐計画。監禁されているはずなのに、魔法が使えてしまう不自然さ。主犯がディアナでなければ、こんなに簡単ではなかっただろう。

（何だか……オズワルド殿下のことがわかった気がする。ヴィーク……）

それはヴィークが諦めきれない期待に沿う答えでもあった。クレアは、早く彼に会って伝えたかった。

しかし、このディアナは本当に何でも話してくれそうである。クレアは駄目元で問いかけてみた。

「あの」

「何よ？」

「このお屋敷の書斎はどちらに？」

「この部屋を出て廊下の突き当たりよ！　でもあなたじゃこの部屋から出られないわね。しょうがないわねえ、今夜の退屈しのぎに何か本を持ってきてあげるわよ」

「いいえそれは結構ですわ。ありがとうございます」


「そういえばまだ公にはなっていませんが、王宮の離宮から留学生が消えたという噂ですな」

　パフィート国の古くからある名門侯爵家の当主、エイベル・リウの発言にオズワルドは片眉を上げた。

「……そうですか。誘拐などでないといいですね」

　王都から馬で数時間かかる街のレストラン。ざわざわとしたホールの雰囲気が漏れ聞こえる個室で、密談が行われていた。

　ここにいるのは、前出の二人に加えて、ミード伯爵家の当主と前当主。話題は当然、王位奪還に関するものである。

「いやしかし、正直なところオズワルド殿下に共謀を持ちかけたときには、まさかこんなに積極的に協力していただけるとは思いませんでした。王族である殿下に対し、もっと汚い手を使うことになるかと」

　リウ侯爵の言葉に、オズワルドは上品に微笑む。

「初めてお誘いいただいた食事の場に参加しただけで、共犯と見做(みな)すという脅しが汚い手ではなかったとは面白いですね。……ですが、確かに私は信頼されていません。あながち間違いでもなかったのでしょう。……それに、私にも思うところはあったのです。ずっとスペア扱いだったこの自分が役に立てるなら、と」

「……歴史を見ても、年上の第二王子が二心を持たないことなどありえぬことじゃからな」

　ディオンとディアナの祖父に当たる、ミード伯爵家前当主の低い声が厳かに響いた。

「それで。どうして今日はこんな場所での会合を？　いつもは王都で済ませるところを」

「……こんな日があってもいいでしょう。それに、こういうやり取りをするのは王都以外の大きな街で人に紛れるのに限りますから」

　ミード伯爵の問いに答えたオズワルドは、ワインが注がれたグラスを光に透かしたのだった。

「嘘……誰もいないわ……」

明け方。ミード伯爵邸で軟禁されているはずのクレアは、部屋から廊下に顔だけを出して脱力していた。

魔法を無効化する部屋にクレアを入れたことで、ディアナは安心しきってしまっているらしい。恐る恐る扉を開けてみると、見張りは誰もいなかったのだ。

しかも、この部屋に取り付けられている鍵は金庫などと違って魔法が干渉できる、脆(もろ)いもので。

（私が大した魔法を使えないと思っているからこそなのだろうけれど……何てお粗末な。これなら、屋敷内から音がしなくなる明け方まで待つ必要はなかったかもしれないわ）

これ幸いと、クレアはそろそろと部屋を出る。

（ディアナ様は突き当たりが書斎だとおっしゃっていたわ）

さすが名門の別邸だけあって、屋敷内は想像していたよりもずいぶんと広い。音を立てないように細心の注意を払いながら進んでいくと、目的の部屋に辿り着いた。

（ここ……！）

室内に埃はなく、普段から使用されている様子が窺える。

（オズワルド殿下は、書斎を調べるようにとおっしゃっていたわ。つまり、ここに動かぬ証拠があるということ）

壁にぎっしりと並んだ本に用はないだろうということは推測できた。きっと、重要な書

類があるのだろう。――とすると。

クレアは、正面の大きな書き物机に手をかけた。この部屋の持ち主は几帳面なタイプではないようで、周囲に書類が雑然と置かれているのが暗い中でもわかる。

引き出しを一つ一つ開けて、書類を確認していく。

（違う。これも、違う。そもそも、どんな書類が証拠になるのかしら）

時間ばかりが経っていた。

外は少しずつ明るくなり始めていて、ディアナが言う『おじい様とお父様の帰宅』はもうすぐなのだとわかる。

少しずつ焦りを感じていたとき、机の上に積み重なっていた紙が数枚はらりと落ちた。

クレアは何げなくそれを手に取る。見覚えのある紋章入りの紙だった。

「これって……！」


ミード家別邸の玄関先では、ヴィークとミード家当主の押し問答が繰り広げられていた。

「こちらに、我が国がノストン国から預かっている留学生が来てはいないだろうか」

「留学生……？　何のことか、さっぱり。私も、たった今出先から戻ったところなのですよ」

「屋敷の中を確かめさせてもらいたい」

「国王陛下の許可証はお持ちですか、ヴィーク殿下」

やんわりとした拒絶を示しながらも、ミード伯爵は随分にこやかである。ヴィークからすると、その姿には自信が透けて見えていて。

(どういうことだ。まさか、クレアはここにいないというのか)

ヴィークが、やはり一晩を待つことなくクレアを迎えに来るべきだった、と後悔し始めたときのことだった。

「お父様、お帰りになっていたのね！　私、いいお知らせが……あら、どうなさったの？」

ロビーが騒がしいことに気がついたディアナが、奥の部屋から顔を出した。

「ディアナ、下がっていなさい。ヴィーク殿下がいらしていてね。よくわからないのだが、ノストン国からの留学生をお捜しだと」

「……!!」

一瞬、ディアナの目が泳いだのをヴィークは見逃さなかった。

「きみは、事情を知っているな？」

「な、何のことかしら？　私は知らないわ」

「ミード伯爵、クレア・マルティーノ嬢は友好国からの賓客だ。第一王子の権限の下に、屋敷内を捜索させてもらう。皆、入れ！」

ヴィークのかけ声で、同行していた者たちが一斉に屋敷に押し入った。

「……クレア・マルティーノだと……!?　どういうことだ」

喧騒の中で、ミード家当主はわなわなと怒りに震えながらディアナを見ている。

「……この前、オズワルド殿下から聞いたのよ。うちが手に入れたいと動いているクレアって子が、王宮にいるって。ディオンは王宮と王立学校の両方に出入りしているのに気がついていないみたいだから、私がオズワルド殿下と協力してここに連れてきたの。今日、皆が揃ったら話すつもりだったわ。……でも、あの子が王家の盾になるだなんて、大袈裟よ。簡単に連れてこられたもの！」

ディアナは当主のあまりの剣幕に『まずい』という顔はしているが、状況を理解している風ではなかった。

「なぜ、相談もなしにそんなことを……！」

「だって、おじい様もお父様もディオンばっかりじゃない。私だってやればできるのに！　でもオズワルド殿下が協力してくれたのよ？　あの方はうちの味方なんでしょう？」

「……！　そういうことか。クソッ……！」

ミード伯爵は吐き捨てるとともに、声を張り上げた。

「ディアナ！　ノストン国からの留学生に、お前は一体何ということをしてくれたんだ！」

「お……お父様……？」

さっきまで、自分は悪くないとでも言うかのようにふくれっ面を浮かべていたディアナは硬直する。

「ヴィーク殿下！　今、娘が白状しました。ノストン国からの留学生をこの屋敷で軟禁していると！　若い娘にありがちな、小さな嫉妬心からこのような行動に出たと言っています。留学生のことは、今娘が連れて参りますので屋敷内の捜索は不要です」

「……貴殿の娘一人の判断でしたことだと？」

ヴィークは、酷く冷えた色の瞳でミード伯爵を見つめた。

(まだ一五歳の娘に、一連の罪を一人で被らせるつもりなのか)

「はい。私はたった今まで何も知りませんでした。クレアという留学生のことはすぐに連れて参ります。ですから屋敷を探す必要はございません。どうか兵をお止めください」

ミード伯爵からはどうしても屋敷を捜索させたくないという強い意志が感じられる。

(事実がどうであれ、屋敷の捜索を避けるためだけに娘を差し出すとは)

ヴィークにとって、ミード伯爵の言動は不愉快極まりない。怒りが頂点に達しようとしたそのとき。

「ミード伯爵がそこまでして隠したいのは、これかしら？」

二階から声がした。

ミード伯爵家とリウ侯爵家が共謀していた証拠を見つけたクレアは、窓の外の騒がしさに少しだけカーテンを開ける。

（……！）

そこに見えたのは、数十人単位の騎士。

そして、指揮を執っているのはヴィークだった。

「大変……！　戻らない私を心配して迎えに来てくれたんだわ」

慌てて、数枚の紙を手に、書斎を出る。

すると、屋敷内へ押し入ろうとするのを止めようとするミード伯爵の声が聞こえてきた。

ゆっくりと階段を下りながら、クレアは問いかける。

「ミード伯爵がそこまでして隠したいのは、これかしら？」

「……クレア！　無事か」

張りつめていたヴィークの表情に、安堵の色が浮かぶ。

一階まで下り、ヴィークと目を合わせたクレアは、この場にそぐわない満面の笑みを浮かべた。

それから、驚きのあまり声が出ないディアナに向き直る。

「ディアナ様、嘘をついてしまってごめんなさい」

「えっ……あなたどうやってあの部屋から出たの？」

「……ごめんなさい」

謝罪をする道理はないと理解しつつも、誘拐が成功したと見せかけて彼女を欺いたことが後ろめたかった。

それから、今度はミード伯爵に向き直る。

「この紙に見覚えはありますわよね」

「そ……それは！」

ミード伯爵が摑みかかるようにしてクレアから紙を奪い取ろうとしたが、すんでのところでヴィークが立ちはだかる。

「これは何だ」

「上の部屋で見つけました。これは、大量の武器や備蓄品を王宮を通さずに発注する裏取引の発注書です。しかも、オズワルド殿下の紋章入りの紙に書かれています」

「……何だと」

クレアから紙を受け取ったヴィークは、その内容を食い入るように読む。

パフィート国・ノストン国のどちらでも、大量の武器や有事の際に必要になる備蓄品は王宮を通さないと購入できないシステムになっている。

これは、クーデターを防ぐために厳密に管理されている決まりだった。もし破った場合は最悪領地と爵位が没収されるという厳しい罰がある。

さらに、クーデターを企てたと判断された場合にはさらに厳しい罰――処刑、が待っていた。

「ミード伯爵、ディアナ嬢。王宮まで連行させてもらう。……前当主もだ」

企ての証拠を摑んだ後は、当然その罪に対しての裁判が行われる。しかし、今回に関しては裁判を開くまでもなく結末がわかっていた。

三人が連行されていくのを見届けた後。

数多くの護衛の手前、クレアはヴィークに敬語で話しかける。

「お待ちください、ヴィーク殿下」

その瞬間、さっきまで厳しい顔をしていたヴィークの瞳がひどく揺れた。急にクレアの存在に気がついたような、幼い感情を抱えたような、違和感。そして返事はない。

（……？）

もう一度問いかけようとすると、彼はこちらに一歩近づいた。一歩目はゆっくりと、そして。

クレアはヴィークに抱きしめられていた。

周りの護衛たちが息を呑む気配がする。

クレアは状況が理解できないでいるのに、ヴィークの腕の力はとても強くて。

「無事で、よかった」

掠れた声で紡がれた言葉に『そういうことか』と納得する気持ちと、何ということをしてしまったのだという罪悪感がわいてくる。

「ご心配をおかけして申し訳ございません。でも、お知らせしなければいけないことが」

「何だ」

けれど、ヴィークは腕の力を緩めることはない。もがいてみるけれど、外れない。

(これは……どういうことなの)

「殿下。周りを」

「……あ」

リュイの呆れたような声が聞こえてやっと、ヴィークはクレアのことを放してくれた。さすがに、護衛たちはジロジロと見てくることはないけれど、こちらに向いている気配が痛い。

クレアは赤く染まった頬と困惑を隠すように、背筋を伸ばした。これは、とても重要で、ヴィークが望み続けた報告なのだから。

「ミード伯爵家とリウ侯爵家の策略に、オズワルド殿下は加担されていません。むしろ、ヴィーク殿下のことを守るために動かれていたのではないかと」

「！　どういうことだ……？」

「昨日の朝、オズワルド殿下は私のことをこの屋敷に続く馬車へと案内しながらご自分の紋章を見せてくださいました。それから、『書斎を探せ』というヒントもくださいました。ご自身のお立場を踏まえた上で、この企みを一番信用されやすい形で明らかになさったのではないでしょうか。私は、パフィート国の事情に関わらない留学生ですから」

「……そういうことか。報告、ありがとう」

そう言って微笑むヴィークは、いつも通り精悍な表情をしている。けれど、そこに安堵の色が覗いて見えるのが、クレアにはどうしようもなくうれしかった。

# 第七章

オズワルド・ミード伯爵家・リウ侯爵家に関する裁判は、迅速に行われた。

過去の歴史のこともあり、パフィート国では王家への反逆は重罪である。どんな理由があろうとも処刑は逃れられない。

罪人が捕らえられた日から一週間。

ミード伯爵家の当主・前当主、リウ侯爵は処刑、残された一族も爵位や全ての財産を剝奪されたうえで国外退去という処分が決定した。

ディオンだけはクーデターの阻止に貢献したとして減刑が認められ、ミード家の存続こそは叶わなかったものの、新たな名前を持ってパフィート国で生きていくことが許された。

――そして。

「オズワルド殿下はもう出発したのかな」

「今朝早いうちに出ていかれたと伺ったわ。特別な見送りもいらないと」

ディオンの言葉に、クレアは力なく微笑んだ。

クレアの証言により、オズワルドはヴィークを護るため秘密裏に動いていたという事実が認められた。

当然今回の裁判の対象にはならず、これまで彼の存在をよく思っていなかった貴族たちからの評価も変わると思われた……けれど。

オズワルドが下したのは、パフィート国を出ていく、という判断だった。

「ヴィークの周りにこれ以上陰謀を寄せ付けないための、オズワルド殿下なりの判断のようね。……確かに、担ぎ上げる王位継承者がいなければ、争いの種は減るもの」

「でも、爵位を置いて完全に第二王子としての権利を放棄する、ってすごくない？　因縁の二人だと勝手に思われていたけど、本当にいいお兄さんだったんだねぇ」

クレアは、深いため息をつく。

「そうね。親しくしたいのに近づけなかったのは、ヴィークだけではなかったのでしょうね」

「きっと、一度目のときはリウ侯爵に嵌められたか何かで罪に問われてしまったんだろうね。二度目は、クレアの存在で差異が生じたのかな」

ディオンは明るく話しているけれど、それはミード伯爵家にとっても同じことだった。

（オズワルド殿下は助かったけれど、私のせいでディオンのおじい様とお父様は……）

沈み込んでしまったクレアに、ディオンがポケットから王立学校の学生証を取り出した。

「見てこれ。ディオン・ミノーグって書いてあるんだよ。いい名前でしょう？」

「……ええ。とても素敵だわ」

今日は、一連の重罪に関わった者たちが処刑される日。

クレアとディオンは、がらんとした教会の椅子に少しの間を開けて座っていた。

他に人はなくて、二人の会話だけが響いている。

真っ白くて高い天井のステンドグラスから午前中の光が差し込んで、とても神聖な雰囲気に包まれていた。

「由来は、お父様が昔買ってくれた本に載っていた主人公の名前なんだ。ミード家との関わりはないし、それぐらいはいいよね？」

クレアは何も答えることができなくて、ただ首を縦に振る。すると、ディオンは無邪気に笑った。

「僕なりに、魅了は関係なくこうなることをわかったうえでこちらについたんだよ？……でも、いざってなるとやっぱり辛いかな。真っ黒な犯罪者とはいえ、僕にとっては家族だからね」

「……」

ディオンがクレアに魅了されなかったとしたら、まだミード家が処分を避ける望みはあったかもしれない。もちろん、それでは王家が痛みを受けることになったのだけれど。

それを思うと、どんな言葉もこの場には相応しくないいい気がした。

遠い彼方で、民衆が罪人を追及する声が聞こえてくる。耳を塞ぎたくなるような響きなのに、ディオンはひたすら前を向いていて。

二人は、祈りながら永遠にも思える長い長い一瞬を過ごしたのだった。

その日の夜、クレアはヴィークから自分の部屋に来るようにと言われていた。どうやら、今夜は皆で『オズワルド殿下の送別会』をするらしい。

主役となる人はもういないけれど、ヴィークが心を切り替えるために必要なのだろう。

クレアは、一度目の人生でこういうときに彼らが好んでいた記憶がある強めのお酒を持って、王族が住まう棟へと向かっていた。

リュイたちの部屋の前を通るときに声をかけようか少し迷ったが、やめておく。

（もうヴィークの部屋に集まっているかもしれないわ）

今回の件でクレアの顔はさらに知られていて、衛兵に止められることなくヴィークの部屋まで辿り着くことができた。

ヴィークの部屋への繋ぎの間に立つ衛兵に声をかけようとすると、『伺っています』と返答があった。クレアは緊張しながら扉の前に立つ。

コンコン。

軽くノックをしてみたけれど、返事はない。リュイたちが先に来ているかと思ったが、中からは特に声がしなかった。

（私室だけれど、このまま入っていいのかしら）

考えてみれば、ヴィークの私室を訪ねるのはこれが初めてだ。冷静になると、クレアがヴィークの私室を一人で訪問していいわけもなくて。

恐らく、醜聞を避けるためにも今頃リュイが離宮まで迎えに来てくれているような気がする。

（……一度、戻った方がいいかしら。でも……）

迷った末に、クレアは重い扉をそっと押して開けた。

「お、一番乗りだな」

クレアの私室の三倍はありそうなだだっ広い部屋の大理石の床に、ヴィークは一人で座っていた。

灯りはないけれど、満月の光が差し込んでいて不思議と暗さは感じない。

テラスへと続く窓は全て解き放たれ、カーテンがはためき風が吹き込んでいる。

「そのようね。三人はまだ来ていないの？」

「……だな。リュイを迎えに行かせたんだが、会わなかったか」

「やはりそうだったのね。リュイに悪いことをしてしまったわ」

ヴィークは軽く微笑んで、準備されていたグラスに蒸留酒を注いでクレアに手渡す。蒸留酒が入っているボトルは、何だか特別なものに見えた。

（キラキラ光って……綺麗）

ボトルに興味を持っている様子のクレアに気がついたヴィークが言う。

「光の当たり具合によって色が変わる瓶は珍しいだろう。魔法は使われていないんだぞ？この蒸留酒は、一五歳の誕生祝いに兄上からもらったんだ。俺が国王に即位した後、一緒に飲もうという言葉を添えてな」

クレアは何と答えたらいいのかわからなかった。ただただ、ヴィークの言葉を肯定するためにこくこくと頷く。

「出会った頃から、どこか遠い存在の人だった。仲良く遊んだ記憶はないし、必要以上に近づいてはいけないとも言われていた」

「……ええ」

「正直、クレアからこの話を聞いたときには問題ないと思った。幼い頃から警戒してきた事態が、予想通りになってしまっただけのことだ、と。だがしかし……」

言葉が、一旦途切れる。

窓からの風に乗る、金木犀の香りが手元の蒸留酒と混ざる。それは甘くて切なくて。彼らがずっと抱えてきた複雑な感傷に結び付いて、クレアの視界はぼやけていった。

「俺に、もっと力があれば」

ぽつりと呟いたヴィークの背中は、小さかった。

いつもクレアの目に映る彼は、自分と同じ年とは思えないほどに大人で。

国のために生き、想像を絶する重圧に耐えながらも、心の底から頼れるのはごくわずかな人間だけ。

次期王位継承者としての立場を優先し、全てを置いて国を出ていくという決断を下したオズワルドを止めることすらできなかったのだろう。

きっとこの数週間、自分の無力さに打ちのめされながら、人前では顔色一つ変えずに堪えてきたのかもしれない。

そしてこれからも、何があったとしても気丈に振る舞うのだろう。……側近たちの前でさえも。

「……っ」

気がつくと、ヴィークの肩は小刻みに震えていた。

それを認めた瞬間、考えるよりも先にクレアの体は動いていた。

ヴィークの手から蒸留酒が入ったグラスがごとん、と滑り落ちる。転がったグラスはそのまま拾われることなく、絨毯にしみを作った。

彼の目からこぼれる涙を隠すように、クレアはヴィークを包み込んでいた。

ヴィークは何も言わない。彼の手がクレアの背中に回されることもない。

ただクレアは、自分の涙も拭わずに、彼を強く強く、抱きしめたかった。

翌日。クレアは泣き腫らした目で起きた。

（何だか視界が狭いわ……今日が王立学校の休日で本当に良かった……）

「お嬢様、冷やしたタオルを置いておきますね」

クレアの顔を見て、事情を察したソフィーが目覚めの紅茶とともにタオルを置いてくれる。

「ありがとう。……そんなに酷いかしら？」

「ええ、まあ、それなりに」

（嘘……）

にっこりと意味深な笑顔のソフィーに鏡を見るのが怖くなりかけたとき、ロビーの呼び鈴が鳴った。

「クレア、おはよう」

「リュイ……！」

「目が腫れているんじゃないかと思って、朝のうちに治せるよう聖女に薬をもらってきた」

そう言いながら、リュイは茶色い紙袋を見せてくれた。

「ありがとう、リュイ。でも、泣きすぎに効く薬なんてあるのね」

「うん。効かせるのに少しコツがいるけれどね」

リュイはそう言うと、紙を破り、薄い青色の粉を手に広げた。数秒、魔力を込めてから洗面用の小さなたらいに粉を入れる。

「これで顔を洗えば大丈夫。気分もすっきりするよ」

「わざわざありがとう。本当にうれしいわ」

「それから、あっちはヴィークから」

リュイが指さした先には給仕用のワゴンがある。

「？」

クレアが首をかしげると。

「一緒に食べよう。自分で行けって言ったんだけど、恥ずかしいみたいで」

そこで、クレアは昨夜の自分の行いを改めて思い出し、真っ赤になる。

（私は昨日……何てことを！）

昨夜、ヴィークはクレアの行動に驚いてすぐに涙が止まった様子だった。

それはいい。問題はクレアである。

涙が全く止まらず、あたふたするヴィークと遅れてやってきたリュイたちに必死で慰められる羽目になってしまったのだ。

ヴィークを抱きしめたことも含め、自分は何と大胆で迷惑なことをしてしまったのだろうと、クレアは目の前のシーツに顔を埋めて叫びたい気分だった。

赤くなったり青くなったり、とにかく忙しいクレアにリュイは大人っぽく笑う。

「昨日は、ヴィークの肩の荷を下ろしてくれてありがとう」

「リュイ……」

「ヴィークは絶対に私たちの前では泣かない。どんなに辛いことがあっても、平気な顔をして前を向いている。主人としてはこの上なく誇らしいけれど、友人としては心配だからね」

「そんな……私は何も」

「ほら、朝食が冷めないうちに食べよう？　焼きたてのパンケーキをもらってきたんだ」

リュイに急かされて身支度を終えると、クレアは席に着いたのだった。

朝食のメニューは、クレアの好物であるメープルシロップ入りのパンケーキ。シロップは小さなミルクピッチャーに入れて別添えにもされていた。

それに、イチゴやブルーベリーなどのフルーツがたっぷりと、ふわふわのクリームに、ポットいっぱいの紅茶。

（こんなにたくさん食べきれるかしら……）

これが、ヴィークからのお礼の気持ちだというのなら残すわけにはいかない。お腹をさすりながら、覚悟を決めていたとき。また、呼び鈴が鳴った。

「こんな楽しそうな朝食の時間にお呼ばれしちゃってよかったの？」

ニコニコと、パンケーキを頬張るディオンに、クレアとリュイは顔を見合わせて微笑んだ。

「ええ。せっかくなら、人数は多い方が楽しいもの」

「これならへたれな主人も一緒に来たかも」

「あー、いいなぁ。最後にヴィーク殿下とも食事がしたかったな」

ディオンの言葉に、クレアはフォークを置く。

「今日……本当に、王都を出ていってしまうの？」

「うん。当然だけど、王立学校も辞めるよ。家族や親戚も国外退去処分だし、頼れる人はいない。でも、初めて自由になった。クレアみたいに、好きなように生きてみたい」

悲しみを孕んだイエローゴールドの瞳は、それでもキラキラと輝いていて。

「……この王都にはディオンの能力を生かせる生き方があると思うわ。そのためには学問は必要だし……」

ここまで話してから、ハッとする。

向こう見ずで命知らずなところはあるけれど、正しく導ける人の元にいればディオンは間違いなく優秀である。

しかし、本人が自由に生きたいと言っているのに、能力を生かすように言って縛り付ける。これではミード家の当主たちと同じだった。

「……ごめんなさい。撤回するわ」

「ううん。クレア嬢が、そこまで僕を評価してくれるなんてうれしいな」

二人のやり取りを聞いていたリュイが言う。

「……ディオンへの温情措置は寛大すぎると言ってもいいほどのものだからね。ヴィークが相当頑張ったんだと思う」

「ああ。もちろんわかっているよ。僕が心からここに残ることを希望していたとしても、それは成しえないことだってね」

ディオンの言葉には、少しだけ未練が透けて見える。一度引っ込めた考えがまた浮かんで、クレアはスカートの布地をぎゅっと摑んだ。

「……ディオン様。私は、パフィート国での護衛がまだ決まっていないのです。折を見て誰かを雇うつもりだったの。もし良かったら……私の下で働いてはいただけないかしら」

目を丸くしたディオンのフォークの先から、大きなイチゴがぽろり、と落ちた。

「僕が」

「ええ」

「クレア嬢の、護衛に」

「ええ」

「……そうか。マルティーノ公爵家とディオンが直接契約を結べば、王宮に置けなくもないね。ノストン国王家からの賓客に準ずる扱いを受けているクレアの護衛としてなら、多少無理もきく」

リュイの言葉にクレアは頷いた。

「もちろん、ディオンの意志が一番大事なのだけれど。これを言うのは、私があなたを魅了してしまったことに責任を感じているからではないわ。純粋に、評価しているの。今まで伯爵家の跡取りとして生きてきたのに、私の護衛なんて申し訳ないけれど」

「クレア嬢……」

はにかむような笑顔のディオンに、迷いがあるようには思えなかった。

「そうなると、できるだけ早くマルティーノ公爵家との契約を交わす必要があるね。ミード家は昨日付で爵位を剝奪されている。ディオンのためにも、一刻も早く後ろ盾を得た方がいい」

「そうするわ、リュイ。早速お兄様に手紙を書いてみる」

父ベンジャミンに言ってもいいが、正直に言ってクレアのことにあまり興味がないような気もする。現に、父親からはほとんど手紙が来ない。

それよりも、パフィート国王家との繋がりへの野望を抱えていそうな兄オスカーに頼んだ方が迅速に対応してもらえる気がした。

善は急げ、と朝食を放置してクレアは手紙を書く。

マルティーノ家の名で護衛を雇いたいことに加え、ディオンの経歴を手紙に書き記す。

簡単な条件面やパフィート国に提出するために正式な契約書が欲しいことも付け加え、最後にサインをした。

（これで大丈夫だわ）

作業を終えたクレアは、すっかり冷めてしまったパンケーキの前に座った。

「お嬢様、温かい紅茶を」

「ありがとう、ソフィー」

ソフィーが淹れ直してくれた紅茶を前に一息つくと、ねぎらうようにリュイが微笑んだ。

「クレアの兄上は国の要職についているんだよね？　それなら返事に数日はかかるだろうね」

「ええ。書類が届いて正式に契約を結んだら、空いている部屋の一つを使ってもらうつもりよ。それまではホテルで待機していてくれる？」

「うん。もちろんだよ。大人しく待ってるね」

ひとまず、ディオンが王都を出なくて済みそうなことにクレアがホッと息を吐いたとき。

さっき、冷めた紅茶を回収したばかりのはずのソフィーがロビーから顔を覗かせた。

「お嬢様、マルティーノ家とノストン国のアスベルト殿下からお手紙が届いています。なんだか厚いお手紙ですわ」

クレアの手元のカップからは、まだ湯気が立ち上っている。

「……早」

背後から、リュイの呟きが聞こえた気がした。

「オスカー様、妹君のクレア様からこのようなお手紙が」

その日の午前中、オスカーはノストン国王宮の執務室にいた。特に急ぎの仕事はなく、クレアからの手紙にすぐに目を通す。

内容はパフィート国での護衛が決まったことについてだった。

そこには、彼は没落した名門伯爵家の跡取りであること、パフィート国第一王子ヴィーク殿下からも高い評価を受けている人物だということなどが書かれていた。

「なるほど。足元が固まったヴィーク殿下の寵愛(ちょうあい)を得るために、彼が優秀だと評価する者を側仕えとして置くということか。我が妹ながらさすがだな。となれば、急がねばなるまい」

かなり大きな誤解を抱えつつ、オスカーはクレアからの依頼に超特急で対応することにした。

手早く手紙に書かれている内容通りに契約書を作成し、マルティーノ公爵家の印章を押す。

「クレアの後ろ盾としてノストン国を意識してもらうためにも、アスベルト殿下の印章があればより良いな」

オスカーは、ちょうどアスベルトに別件で用があった。余裕がありそうなら頼んでみよう、と今作成したばかりの書類も手に持ち、執務室を出る。

「……シャーロット。来ていたのか」

「おっ……お兄様！」

アスベルトの執務室でのんびり過ごしているシャーロットを見て、オスカーは驚いた。

「今日は王立貴族学院が休みだから、聖女アンのところでお妃教育を受けているはずではなかったのか」

「今日のお勉強は午後からと先生から連絡がありまして」

シャーロットの取り繕うような笑顔に、オスカーはアスベルトの後ろのサロンへと視線を向ける。案の定、彼は生温い笑顔を浮かべて首を振った。

「うちにはそんな連絡はなかったぞ。……アスベルト殿下。どんなに妹を愛しておいでも、あまり甘やかすのは……。恥ずかしながら、うちでも苦労しているところなのです」

オスカーは遠慮がちに言う。実際、マルティーノ家ではシャーロットへの教育についてかなり難しさを感じているところだった。

これまで、完璧な姉というお手本を武器にいいとこどりをしてきたシャーロットは、隠れ蓑を失ってぼろが出まくりだった。

洗礼式を待たずして期待を向ける先をシャーロットに切り替えた父親でさえ、『育て方を間違ったか……』と嘆いているほど。

相変わらず愛されキャラではあるけれど、どうも雲行きが怪しい状態となっている。

「そうだったか。シャーロット、すぐに聖女アンのところへ」

「えー！　アスベルト様、そんな……」

誰も自分の言い分を信じてくれないことに頬を膨らませながら、シャーロットは退出した。

シャーロットが執務室を出て教会の方向に向かったことを確認してから、オスカーは切り出した。

「過日よりご相談していた件ですが、このようにまとまっています」

「ご苦労であった。しかし、現在立て込んでいてな。ただ、急ぎで対応したいとは思っている。早ければ来週には決裁を下せるはずだ」

普段、王立貴族学院の寄宿舎で暮らし、週末しか王宮に帰らないアスベルトの執務机の上には書類が山のように積み重なっていた。

学業優先で仕事量を抑えているとはいえ、相当な忙しさを感じさせる。

（……やはり、クレアの書類はこちらだけで処理することにしよう）

オスカーがそう思って退出しようとすると、アスベルトが声をかける。

「他にも決裁が必要な件があるのではないのか。その、手にしている書類はどうした」

「これは……お忙しいようですので、結構です。クレアからの依頼なのですが、こちらでも不足なく対応できます」

「こちらへ寄こせ」

クレアの名前が出た瞬間、アスベルトの顔色がサッと変わった。しかしそこには厳しさはなく、何となく桃色の空気が流れている気もする。

「……パフィート国でマルティーノ公爵家の名の下に護衛を雇いたいと。優秀だがパフィート国では好まれない訳ありの人物だから、後ろ盾が欲しいということか。……クレアのことだ、人選に問題はないのだろう。なるほど、これはマルティーノ公爵家だけではなくノストン国王家の後押しもあった方がいいな」

そう言うと、アスベルトはペンを取って何やら書類を作成し始めた。

「殿下、お忙しいのに何を……」

「私からも推薦状を書いているのだ。すぐにできる。そのまま待っていろ」

「……」

オスカーは呆気にとられ、サロモンはため息をつく。

こうして、ディオンとマルティーノ公爵家の契約書は異例の速さでクレアのところに送られたのだった。

一方、アスベルトの執務室を追い出されたシャーロットは、まっすぐにアンのところには行かず、中庭をふらついていた。

「お妃教育が何なのよ。私に、あの完璧なクレアお姉さまと同じことができるわけがないじゃない！」

そう叫ぶと、人目を気にせずに傍らの木を蹴っ飛ばしてみる。

シャーロットは、人を蹴落とすためなら何でもできたが、普通の努力は嫌いだった。

この春に王立貴族学院に入学したシャーロットは、第一王子アスベルトの婚約者という立場を武器に、思いのままに振る舞っていた。

入学したばかりの彼女に用意されたのは、寄宿舎の中で最も上等なスイートルーム。

さらに、王立貴族学院に通う貴族子息・息女の中でも特に高貴なものにしか許されない生徒会への所属もトントン拍子に決まり、自尊心が満たされたのを感じていたはずだった……のだけれど。

実際には、そのどれもがクレアのお下がりだった。

シャーロットが小さな頃から切望していたはずの、羨望のお姫様のポジションを手にしたのに、何だかしっくりこない。

そこにあるのは、『お姉さまはよくお出来になったのに』という空気ばかり。自分が世界の中心と信じて疑わないシャーロットには、不愉快だった。

「あの手紙はなかったし……レオお兄様はともかく、オスカーお兄様は私の味方になってくださらなかったわ！　どういうことよ」

さらに、アスベルトの婚約者に収まるという最大の目的をあっさり達成してしまったシャーロットは、底意地の悪さのぶつけ先を見失っていた。

『厳しくも凛としたクレアと、繊細でか弱いシャーロット』という図式があってこそシャーロットの優位さが際立つことは、自分でもよく理解していた。

(何よりも、私はこの世界のヒロインなのよ。だから何をしても許されるはずなのに……それがなくなってしまったら、私には何も残らないじゃないの!!)

地面に落ちた、秋の色に染まった葉を踏みしめながら、シャーロットは呟く。

「私が魔力を目覚めさせれば絶対に状況は変わるわ。早く一五歳の誕生日が来ればいいのに」

「キース、あれはどういうことだと思うか」

「あれって何だ、ヴィーク」

ヴィークの質問の意味を十分にわかっているはずのキースはとぼけた様子で聞き返す。

「その……」

「クレアと抱き合って泣いていたことか」

「違う、俺は手は回していない」

「本当ですか、殿下」

「……問題はそこではないだろう」

キースが面白がっていることが許せなくなったヴィークは、顔を赤くして兄貴分を冷たい目で睨む。

「悪い。あまり見たことがない姿だったもんで、つい」

からかいすぎたことに気がついたキースは、申し訳なさそうに側近としての表情に戻った。

ヴィークは、兄オズワルドが国を出ていった日の夜のことを思い返していた。

あの日。自分の兄への感情が落ち着いた後で泣いているクレアに気がつき、抱きしめたいと思ったのは事実である。それは、当然耐えるべきところで問題なかった。

ちょうどそのタイミングでキースたちが部屋に入ってきて若干気まずい空気を醸し出したのを見て、行動に移さなくてよかったと心から思ったところまでは事実だと認める。

しかし、気になっているのは、その前だった。

ヴィークには、立場を考えずに心を許せる人物が少ない。

多忙でプライベートな話などめったにできない国王陛下・王妃殿下。心を許していた乳母は八歳になったのを機にいなくなってしまった。

キースやリュイ、ドニも大切な友人ではあるが、その前に近衛騎士であり側近。子供の頃から付き合いのある貴族子息・息女も皆お互いの立場をわかったうえでの関係だ。

一方、クレアも隣国の王家の傍流でもある名門公爵家の令嬢であるものの、彼女が自分に向けてくる視線は、彼らのものとはどこか違っていて。

(思えば……リンデル島の海岸で初めて会ったときから、目を惹く存在だった)

自身の立ち振る舞いにプライドを持ち、周囲に及ぼす影響もしっかり考えているクレアは、ヴィークがどんなに距離を詰めようとしてもなびかないように見えた。

きっと、裏には一度目の人生での自分との関係があるのだろう。

その彼女が何の打算もなしに自分に共感してくれたのであれば、もし真実ならヴィークにはこの上ない幸せだった。

「初めは、裸足で海岸を散歩し自分の意見を臆せずに言う、面白く利発な女性だと思っただけだったんだがな」

「クレアは素晴らしい令嬢だな。もし、婚約……」

キースが婚約者、という言葉を口にしようとしたのをヴィークが遮る。

「この前、クレアに聞いたんだが。『一度目の俺』は彼女をウルツの街が見渡せるあの高台に連れていったらしい」

「……へぇ」

キースは目を見張る。クレアとヴィークが夕暮れの街を眺めた高台は、ヴィークが幼少の頃から大切にしている特別な場所だということを彼は知っていた。

「……自分で自分に妬く日が来るとは思わなかった」

「そうだな。ただ……クレアがどんなに心の優しい令嬢で、かつ『一度目の人生』で少し特別な関わりがあったとしてもだな。我を忘れて泣きじゃくるほどヴィークに思い入れるのは不思議というか……。まだ出会って半年だろう」

「ああ、確かに違和感がある。話してくれるだろうか、俺に」


「で、どうするの？　未来で起きることは殿下に話さなくていいの？　僕はその場にいなかったからわからないけど、結構やばいことになるんでしょう？」

　ディオンの言葉に、クレアは頭を抱える。

「できるだけ早く話したいのよ？　でも……どう話したらいいの……」

　ディオンがクレアの正式な護衛になってから一週間。夕食の後、クレアの部屋にこうして二人で集まって、話をするのが最近の日課になっていた。

　クレアがこの契約を交わすにあたり、何よりも重視したのはディオンの自由だった。護衛として王立学校以外への外出は同行してもらうことになるものの、その他の時間のディオンは自由である。

　けれど、彼はどこにも出かける気配がない。

　クレアが離宮にいるときは大体ロビーで控えているし、王宮内の図書館などに出かけるときもニコニコとついてきてくれる。

クレアの目には、それが自分ではなく、命を救ってくれたヴィークへの忠誠と映っていた。

「クレアって、一度目の人生ではレーヌ男爵家に住み込んで家庭教師をしていたんだよね」

「ええ、そうよ」

「そこに殿下は遊びに来ていたんだっけ？　それで仲良くなったって言ってたよね」

「ええ」

「何ていうか、それだけで特別って感じだよね。何なら、ヴィーク殿下も一度目での関係に薄々感づいているんじゃないのかなぁ」

「だから……それは、言っていないわ……」

コンコン。

突然響いた音に、クレアは肩を震わせた。

どこかをノックしている音だけれど、叩かれているのはロビーに繋がる側の扉ではない。

急に厳しい顔をしたディオンが立ち上がる。

「クレアは向こうの部屋に行っていて」

「でも」

「いいから」

「こうして訪ねてくる人に、私は心当たりがあるわ」

動かないクレアに観念しつつ、珍しく真剣な表情をしたディオンがカーテンに手をかけた。すると。

「……ヴィーク……」

クレアが、少しだけ期待した人物がそこにいたのだった。

「何でディオンがここにいるんだ？　まさか、翌日の打ち合わせは夜にクレアの私室でするのか？」

ヴィークは自分の非常識な時間と場所からの訪問は棚に上げ、夜にクレアの部屋に男性がいることに不快さを隠さない。ディオンはへらりと笑った。

「難しいことはわかんないな。じゃー僕はこれで。お二人でごゆっくり」

あっさり出ていこうとするディオンの腕をクレアはがしっと摑む。

「も、もう少しいいでしょう、ディオン」

「えー？　でも……」

クレアも必死である。なぜなら、ヴィークと二人きりで顔を合わせるのは、あの夜以来のことだった。

「あっ、じゃあ僕はあっちでお茶を淹れてきまーす。お酒でもいいよ、殿下？」

「どっちでもいい。とにかくゆっくり淹れろ」

「はーい」

ヴィークからの圧力に負けてディオンは退出していく。やはり、彼はクレアではなくヴィークに忠誠を誓っているようだ。

クレアに案内されて、ヴィークはソファに腰を下ろす。彼が離宮のこの部屋に来るのは二度目。そのときは予定外の訪問で、本来は送ってもらうだけのはずだった。

今日の彼は何か急ぎの用があって来たのだろうと思いつつ、なかなか緊張がほぐれない。何か話さないと間が持たなくて、クレアは話しかけた。

「それにしても……どうして窓から」

「この時間に取次を挟むといろいろ面倒だろう」

「何だか懐かしいわ」

「……?」

(やっぱり、彼はヴィークなんだわ)

ふふっ、と微笑むと、少し不思議そうにこちらへと眼差しを注ぐヴィークと目が合う。彼の深い翡翠色の瞳はとても綺麗だ。こうして向き合っているとあの夜のことが今にも蘇りそうで。

「顔が見たいと思った。だから来た」

「……!」

完全に油断していたところに続けられた言葉に、クレアは真っ赤になった。ヴィークの方も、クレアの反応に気がついたらしい。

二人の間には、妙な沈黙が流れる。

「……ディオンとはうまくやっているようだな」

「え……ええ。いろいろ相談もできるので、助かっているの」

「相談、か」

ヴィークの声色はいつも通り優しいけれど、釈然としない様子が見て取れた。

「……ディオンの件、ずっと礼を言わねばと思っていた。俺の力不足を補填させてすまない」

「何を言うの。ディオンのことが欲しかったのは私よ。ヴィークは悪くないわ」

「そ、そうか。……そういえば、ディオンとの契約書類にノストン国のアスベルト殿下からの長い手紙が入っていたと聞いたが」

「リュイから聞いたのね」

会話が違う方向に進みそうなことに安堵したクレアは、くすりと笑う。

あの日、オスカーからの契約書にはアスベルトからの推薦状とクレアへの手紙が添えられていた。

手紙にはシャーロットの近況が詳しく書かれていて、アスベルトがクレアの依頼通りに計らってくれていることが推察できた。

手紙が分厚く見えたのは、アスベルトがクレアに花の便箋と封筒を贈り物として寄こしたからだ。

テーブルの上に並んだ手紙と贈り物、そしてクレアを順番に見て、リュイが『重』と呟いたのは覚えている。

「実際にはそんなに長い手紙ではなかったし、特に重要な用はないわ。お願いしている妹の近況とか、そんなところよ」

「……そうか。だがしかし、アスベルト殿下は明らかに……」

「封筒も便箋も妹に贈ったものの余りよ」

ヴィークが何か誤解をしていると察したクレアは、少し強い口調で重ねた。彼に誤解をされたくはない。

こうして夜に向かい合っていると、一度目の人生での、あの懐かしい時間のようで。目の前の彼にも、王位継承者としての鋭さはない。

穏やかにのんびりと微笑むヴィークに、クレアはふと思った。

(今なら、シャーロットが原因で起こる未来の話をできるかもしれない)

「ヴィーク。今から皆を集められるかしら？　……私が、二度目の人生を選ぶことになった理由をお話ししたいの」

「……話してくれるか」

柔らかいヴィークの笑顔に、クレアは頷いたのだった。

　その後、一刻も経たないうちに側近たちはクレアの私室に集まった。

「皆のことを急に呼び出してごめんなさい。話したいことがあって」

「うん。待ってた」

　すぐに肯定してくれたリュイに、クレアは背中を押される気がする。

「この前は、私の『一度目の人生での話』を信じてくれてありがとう。……あのときは勇気が出なくてきちんと話せなかったけれど……。実は、私が人生をやり直しているのは、このパフィート国と故郷ノストン国の関係悪化を防ぐためなの」

「……どういうことだ」

　ソファの背もたれに寄りかかっていたヴィークが、身を前に乗り出す。

「一度目の人生、皆の期待通りの魔力を手にできなかった私は国を出たわ。リンデル島で偶然本当の魔力を目覚めさせた後は、パフィート国のある男爵家で住み込みの家庭教師をしながら王立学校に通っていたの。そしてあるとき、パフィート国の使節団に同行してノストン国へ行くことになった」

「なるほど。魔力を目覚めさせてから初めて、母国に帰ることになったというわけか」

「ええ。そこで、私が家名に相応しい色を持ったことを知ったノストン国王や父は私のことを国から出さないと言ったわ。でも、私は残ることを拒んで……その結果、パフィート国とノストン国の関係は酷く悪化した」

「それが、『すごく悲しいこと』か」

「……はい」

クレアはヴィークの相槌に頷いてはみたものの、婚約のことだけはどうしても言えそうになかった。

けれどヴィークとクレアの婚約を抜きにこの話を語るには無理がある。

なぜなら、パフィート国は強大な力を誇る大国だ。いくら国の盾に成りうる力を持つとはいえ、たった一人の魔術師の存在と隣国との関係を天秤にかけるのは、どう考えても不自然なのだ。

「……話の全体像は何となく把握した」

ヴィークの人差し指が、彼の膝の上でトントン、と動いている。それだけで、クレアは次の問いを察していた。

「俺との関係は？」

予想通りの核心をついた、あまりにもストレートな質問。わかっていたはずなのに、目が泳いでしまう。

「今より……もっと、仲が良かったとは……思うわ」

「……なるほど」

ヴィークの瞳が一瞬大きく開かれた後、元の穏やかな色に戻る。

彼にとってはもう、その答えで十分だったようだ。

クレアの答えにキースと目配せをし合っていたリュイが、口を開く。

「他には?」

「……」

この先を話すのは憚られるが、悲しい未来を防ぐために隠しておくわけにはいかない。

それに、リュイのことだ。前にクレアが話している内容から既に察しているのだろう。

「……白の魔力を持つ私の妹のせいで、リュイが大きな傷を負ったわ」

「そっか」

リュイは顔色一つ変えずに答えたが、ヴィークたちの空気が少しぴりっとしたのを感じる。

「私は、未来を変えるためにここにいるの。でも、正直に言って規模が大きすぎる話で……。私一人では変えられないわ。だから、皆に力を貸してほしいの」

神妙な顔をして頭を下げるクレアに、ヴィークが自信を覗かせた。

「それは大丈夫だ。何でも協力するから安心しろ。これは、パフィート国の問題でもあるからな」

「しかし、ノストン国にクレアの魔力を隠しておくわけにはいかないのか? 普通にしていればバレなさそうに思えるが」

キースが不思議そうにしている。

「それは……今から一年後ぐらいに史上最悪クラスの魔力竜巻が発生する予兆があって、私がそれを浄化することになるの。マルティーノ家の長女しか成しえないから、隠していても噂で知られてしまうと思うわ」

「魔力竜巻を、浄化」

リュイが驚きで目を見張る。

「……って、魔力竜巻が起きるのか⁉」

「正確には、起きないわ。予兆で収められるから」

焦っている様子のキースに、クレアは穏やかな視線を送った。

「でも、それなら隠すんじゃなくて、今から少しでも友好的な関係を築いておく方がいいよね。そして、良きところでクレアちゃんもらいまーす、って……痛っ」

ドニの言葉を深読みしたリュイが、彼の足を踏む。

一方、ヴィークは少し考え込んでいる様子だった。

しかし、この友人たちにはクレアを意思に反してノストン国に送り返すという考えはないようだ。

（私は、ここにいてもいいんだわ……）

「……以前から、少し考えていたんだが。『扉』を設置してもいいかもしれないな」

「扉……？」

喜びを噛みしめていたところで聞こえたヴィークの提案に、クレアは顔を上げた。

「それ、いいねー！　ノストン国の王都ティラードでも遊べる！　異国の女の子！」

「ドニ、そんなことのために王宮の魔術師を消費するのはやめて」

楽しそうなドニをリュイが冷めた目で睨んだ。そして、話が理解できず困惑した表情のクレアに説明する。

「『扉』は、転移魔法の起点・終点となる場所のことだよ。設置するのに膨大な魔力と時間がかかるけれど、一度造ってしまえば行き来は楽になる。楽になるとはいっても、ウルツとティラードを一度行き来するのに、青の魔力を持つ魔術師の一日分ぐらいの魔力は必要になるけどね」

「そんなに便利なものがあるのね」

「ただ……防衛上の弱点も多く、国家間では設置された例がない。しかし、今回のケースは扉があることで、ノストン国にいざというときすぐにクレアを呼び寄せられるという安心感を与えられるな」

「確かにな……。しかし、議会でその案を通すのは大変だぞ、ヴィーク」

キースは頭を抱えている。

「この案を通す見込みは……正直、なくはないんだ。当然、クレアとは別の口実で進めた上でだぞ。ただ、そちら側の事情にもタイミングがあってな。もう少し、待ってくれるか」

「ええ、もちろん。……皆、本当に、ありがとう」

クレアが逆行の原因となった出来事を話すのを怖がっていたのは、ヴィークとの婚約を知られるのが気まずかったからだけではない。

クレアは、あっさり『それなら留学が終わったら帰るべきだ』と言われることが怖かった。というより、心の底から彼らを信頼している分、そこまでの関係ではないと気づかせられることの方が恐ろしかったのかもしれない。

「とにかく、クレアが心配しているような展開にはさせない。だから、安心しろ」

クレアの真向かいに座るヴィークは、まっすぐにクレアの心を揺らす。

彼の透き通った瞳は何でもお見通しだ、とクレアは思った。


先の人生でのクレアは、王立学校ではいつもリディアと二人で過ごしていた。

最初こそ、『殿下のご友人』として注目を浴びることとなってしまったけれど、慣れてしまえば学校生活は落ち着いたものだった。

しかし、今回は『隣国からの賓客として扱われる留学生』である。一歩引くことが許された前回と違い、周囲が騒がしくなるのは必然だった。

「ランチぐらい……自由にいただきたいですわよね」

ランチタイムのカフェテリア。周囲から無言の視線にしびれをきらしたらしいリディアが、可憐な顔に似合わない毒を吐く。

「ごめんなさい、リディア様。私さえ……」

「あっ。違いますわ。私、クレア様のことは大好きですわ」

クレアの沈んだ顔にハッとしたリディアが、慌てて否定する。

今日、周りが騒がしいのはヴィークと一緒にランチを取っているからだった。夏季休暇の少し前ぐらいから、ヴィークからランチに誘われる回数が増えていた。けれど、最近はなぜか毎回で。

今の関係なら誘いを断れなくはないけれど、ヴィークに誘われるとリディアはクレアよりも先に『ご一緒します』と微笑む。

彼女が静かに暮らすことを望んでいるのを一度目の人生で知っているクレアは、申し訳なさでいっぱいだった。

「私が気にしているのは、他のご令嬢方ですわ。貴族令嬢として、もっと……」

リディアがここまで言いかけたところで、声がした。

「皆さん、何をなさっているの。ヴィークお兄様が困っているじゃない！」

声の主は、国王の姪でありヴィークの従妹にあたるニコラだった。

ふわふわのキャラメル色の髪を二つに分けて結い、本来は真ん丸なのだと想像できる目を、キツくつり上げている。

ニコラは学年が一つ下ではあるけれど、ヴィークの行く先には大体出没し、何とか近づこうとする令嬢たちを蹴散らしていた。

「あなたたち、ヴィークお兄様はこの国の王位継承者よ。あなたたちが無遠慮にジロジロ見ていい相手ではないのよ？　貴族令嬢としての矜持をお忘れなのかしら！」

「……ニコラ、もっと言葉を選べ」

ヴィークの苦笑に気がついた令嬢たちが、まずい、という表情を浮かべてサッと散った。

空いたスペースに、ニコラと穏やかで優しそうな友人の令嬢たちがそのまますっぽり収まる。

「お兄様は優しすぎますわ。……それはそうと、ランチをご一緒していいかしら！」

「悪いな。今終わったところだ。……ところで、例の話は聞いたか」

目を輝かせていたはずのニコラは、ヴィークの言葉に一瞬で表情を陰らせた。

「……ええ……」

「焦らなくていいぞ。ゆっくり考えると良い」

急に勢いがなくなってしまったニコラの頭をポンポンと優しく撫でてヴィークは立ち上がる。

それを合図にクレアとリディアも立ち上がり、ニコラに軽く会釈をしてからカフェテリアを後にした。

（……ニコラ様がヴィークに声をかけられて元気がなくなるなんて珍しいわ。何かあったのかしら）

クレアのニコラに対するイメージは、逆行前と後ではかなり変わっていた。一回目の人生ではワガママが目立ちつつも何だか憎めないかわいらしい人、というイメージだった。

しかし、今回は大分違う。

ヴィークへの憧れが強すぎるせいで立ち居振る舞いがおかしくなってしまっているが、それを除けばニコラは王族らしく成績優秀で、基本的には礼儀もしっかりしていた。

事実、隣国の公爵令嬢で賓客としての扱いを受けているクレアには、刺々しさを前面に出しながらも礼儀を欠くことはなかった。

「殿下のおっしゃる通り、ニコラ様は言葉選びにさえ気をつければもっと評価されるべきお方なのでしょうけどね。見ている方は面白いですけれど、何だか気の毒ですわ」

午後の講義室に向かいながらため息をつくリディアに、クレアも頷く。

「そうですわね。先ほども、殿下を助けてくださったのですよね」

「クレア様がいらっしゃったノストン国の王立貴族学院には『生徒会』という組織があるとお聞きしましたわ。ここよりもしっかり統治されているのでしょうね」

「ええ。学生たちで自治するのが決まりでして。学院丸ごと小さな社交界のようでしたわ。

ヴィーク殿下はこの王立学校が私に窮屈かもしれないと心配していたけれど、あそこに比べたら自由で快適ですわ……」

クレアはここまで話してから、これは一度目の人生での話だったと口を噤む。

「勉強や研究重視のこの学校とは随分違いがありますのね」

リディアは目を丸くしている。

クレアがノストン国の王立貴族学院に通っていた頃。アスベルトの婚約者であり名門・マルティーノ公爵家の令嬢として気を抜ける日がなかった。

比較的自由なこの学校で、まだ一四歳のニコラが同じような使命感を持っているのかと思うと、クレアは肩の力を抜いてあげたいと思うことすらある。

もっとも、嬉々として令嬢たちを蹴散らすニコラの姿を見るたびに、やはり彼女は大丈夫そうだな、と再確認してはいるのだけれど。

# 第八章

いつの間にか秋は深まり、冬の気配が近づいていた。

ヴィークは『扉』を設置するために奔走しているようである。

一方、クレアの元には叔母のアンから少し気になる手紙が届いていた。その内容は『シャーロットがなかなか王妃教育の場に顔を出さない』というもので。

クレアもシャーロットに手紙を書いてはいるけれど、妹からの返事には楽しい学院生活やアスベルトとの日常ばかりがつづられていて、困惑しているところだった。

（一筋縄ではいくはずがないと思っていたけれど……シャーロットは大丈夫かしら）

「クレアお嬢様、ヴィーク殿下から招待状が届いていますよ」

「……あ、届いたのね」

シャーロットのことを考えていたクレアは頭を切り替える。この封筒は、近くあるヴィークの一六歳の誕生日を祝う夜会への招待状だった。

先日、クレアはリュイの仕事を手伝って、この招待状の手配をしたのだ。

封筒選びから招待客のリスト作り、文面の選定まで、この仕事は本当に楽しかった。

おまけに、いつも何となくヴィークの瞳の色に合わせた封筒選びをしてしまう、というリュイの意外な一面にクレアはより一層ときめいたりもして。

(ことがうまく運んだ後、本当に王宮で働くことができたら)

クレアは、心の奥底でそんな望みを持つようになっていた。

ちなみに、一度目の人生のような友人関係になれたものの、今のところヴィークとクレアの関係に進展はない。

ミード伯爵家への潜入後に抱きしめられたり、オズワルドがパフィート国を出ていったときにクレアがヴィークに寄り添うという出来事はあったけれど、二人ともそのことには触れなかった。

ところで、今度の誕生会は、今回クレアがパフィート国にやってきてから初めての夜会になる。

一度目の人生で経験した妃探しの夜会への憂鬱さと緊張感を思うと、この誕生生パーティーは相当気楽で、楽しみでもあった。

「もうすぐヴィーク殿下のお誕生日会ですね。どんなドレスにしましょうか」

「主役はヴィークよ。新たに仕立てる必要はないわ」

ソフィーの言葉に、クレアは微笑む。

「それはそうですけど……せっかくの夜会ですのに!」

『お嬢様のせっかくの美貌がもったいない』と残念がるソフィーが退出した後、クレアは部屋の隅にある机の引き出しを開け、記念すべき初仕事の招待状を大切にしまう。

そのとき、机の奥にしまわれた薄いピンク色の封筒が目に触れた。

(お母様からの手紙……)

マルティーノ公爵家を出ることになったとき、クレアはトランクケースに入れてあったこの手紙をそのまま持ち出した。

そして、時折取り出しては読み返している。綺麗に並んだ母の字は、クレアの幸せを願う亡き母の姿を思い起こさせてくれる気がして、大切な宝物だった。

その、薄いピンク色の封筒を手に取って、机の上に広げる。何となく、淡いエメラルドグリーンをしたヴィークの誕生日会の招待状と並べて、見比べた。

「お母様はこの手紙を書いているとき、私が将来大国・パフィートの王子様のお手伝いをすることになるなんて思いもしなかったでしょうね」

クレアにしては珍しく、誰かに褒めてもらいたい気分だった。達成感がくすぐったく、記憶の彼方に残る母に思いを馳せる。

これまで何度となく読み返した文面だけれど、誇らしい気持ちでこの手紙を眺めたのは初めてだった。

(……あれ?)

ほんの少しの違和感。

どちらも柔らかく上質な紙に書かれた手紙ではあるけれど、母の手紙の方がより凸凹(でこぼこ)しているのだ。

(何か……書かれている?)

凸凹しているのは、一〇年以上前に重ねて書かれたであろう手紙の筆跡のようだった。

(お母様が書いたのはどんなお手紙だったのかしら)

クレアは好奇心から、手紙を光で照らしたり角度を変えたりしてみる。うっすらと文字が見えて、クレアはそれを読み上げた。

「あの子を……ひきとり……たい……?」

(あの子って……)

「これって、シャーロットのことかしら」

改めて声に出してみると、そうとしか思えなかった。

知る限り、シャーロットは彼女の母親が流行(はや)り病で亡くなったことを理由にマルティーノ家に連れてこられたはずだ。

それまでは存在すら明らかにされておらず、クレアの母がシャーロットを引き取りたがっていたことなど、知る由もなくて。

「どういうこと……?　宛名は……」

クレアは、凸凹に目を凝らす。

（フローレンス、と書いてあるような……）

「この手紙の前に書かれたのは、おばあ様宛の手紙だったのかしら」

それが事実だとすると、少なくとも両親と祖母はシャーロットの存在を知っていて、彼女をマルティーノ家の養女として迎える準備があったということになる。

しかし、実際にはクレアの母が亡くなり、シャーロットの行き場がなくなるまで実行に移されなかった。

（シャーロットが我が家にやってきた頃、あの子は頼りなく小さかった）

幼少の頃の、おぼろげな記憶を掘り起こす。

一歳しか違わないとは思えないほど、小さな背と薄い肩。

無邪気に笑いかけてくるシャーロットはマルティーノ公爵家ですぐに愛されるようになったけれど、まだ存命だった祖母はなぜか彼女を遠ざけたがっていたような気もする。

祖母に絵本を読んでもらったのも、昔話を聞いたのも、全て兄たちと一緒かクレア一人。そこにシャーロットはいなかった。

クレアは、兄オスカーの『おとうさまのふぎの子だから仕方がない。かわりに俺たちが優しくするんだ』という言葉を素直に信じ込んでいた。

しかしよく考えると、誰にでも穏やかで温かい祖母がシャーロットを敬遠するのは不自然な話だ。

「おばあ様は……シャーロットについて、何かを知っていたのかしら」

あの夜会でクレアやヴィークに向けられた、白の魔法。それを思い出すだけでクレアは心が痛む。

「アン叔母様に聞けば、何かわかるかもしれないわ」

クレアは、早速ペンを取った。

母からの手紙の存在は告げずに、シャーロットを引き取った経緯について知りたいという旨を書き記す。さりげなく、祖母の反応について窺う文言も付け加えた。

ここまで書けば、アンはクレアが言わんとすることを察してくれる気がする。

本当は、会いに行きたかった。実際、クレア一人なら転移魔法を使えば行けなくもない。しかし、もしノストン国でアン以外の誰かに見つかってしまったらと思うと、今はそこまでの危険を冒すタイミングではない気がした。

アンへの手紙を送り終わると、また机の引き出しを開けて、新しい便箋と封筒を取り出す。この前、街に出たときに文具屋で購入したものだ。

淡いサーモンピンクの下地に、色とりどり綺麗な石と純白のレースが飾られていて、クレアには妹にぴったりだと思えた。そして、いつものように近況報告を書き始める。

シャーロットからの返事は、しばらく来ていなかった。

パフィート国の筆頭公爵家の末娘であるニコラ・ウィンザーは思い悩んでいた。

「ニコラ、ここのところ元気がないと皆が心配しているぞ」

国王の弟であるニコラの父、ウィンザー公はテーブルについたニコラの顔を覗き込む。目に入れても痛くないほどかわいい末っ子の落ち込んだ姿に、心を砕いている様子だ。

「お父様……それなら、私とヴィークお兄様の婚約を進めてくださいませ！」

本題に入ることを避けるため、ニコラは冗談のように言うが、半分は本気である。

「お前の望みなら何でも叶えてやりたいが……。さすがにそれは無理だ。殿下は従兄だ」

「もう。だって、小さい頃は私がお兄様のお嫁さんになると言っても、誰も止めなかったのに」

「あれは……女の子ならではの、夢物語だと思っていたのだ」

ニコラの懇願をはっきりと拒絶するウィンザー公だったが、胸中は複雑だった。

一方、ニコラは隣国の名門公爵家を背景にもつ留学生、クレア・マルティーノの評判を気にしていた。

王立学校ではヴィークの側に侍り、明るみに出ていないものの、ミード伯爵家とリウ侯爵家の企ての際には暗躍したと聞いている。

ニコラだってさすがにヴィークへ恋愛感情を抱いているわけではない。ただ、小さな頃から憧れてきた従兄が自分の知らない令嬢に心を奪われているように見えるのが嫌なだけである。

本人たちはもたもたしているようだけれど、ヴィークから彼女への視線に今までに見たことのない優しさが含まれているのがショックで。

――彼女がこれ以上ヴィークと親しくなる前に何とかしたい。

ニコラの本音は、そこだった。

「それに、殿下はノストン国の公爵家の令嬢と懇意にしていると聞いているぞ」

「……」

痛いところを突かれたニコラは、頬を膨らませる。

「それよりも、殿下からのあの打診はどうするのだ。洗礼式を終えてからでいいとは言っても、まだ返事をしていないのだろう。もとはニコラ自身が望んでいたことと思っていたが」

「そうですけれど……。もう少し考えさせてくださいませ、お父様!」

ニコラはそう言うと、席を立って部屋を出る。扉を閉めるのと同時に、後方では父親のため息が聞こえた気がした。

(私だって、頭がぐちゃぐちゃなのよ！)

ニコラは以前、ノストン国の王立貴族学院へ留学したいとねだったことがある。将来、ヴィークを支える立場になることを睨み、他国で経験を積むことを希望したのだ。

そのときは末娘をかわいがる両親や国王たちが猛反対し、計画は泡と消えた。

しかし最近になって留学話は急に再浮上した。そこには、何らかの政治的な理由が関わっていることをニコラは察している。

親元を離れて学んでみたいという好奇心とヴィークの側を離れたくない気持ち、筆頭公爵家の令嬢として立派に役割を果たしたいという気持ちが入り混じって、自分でもどうしたらいいのかわからなかった。

（いつまでも結論を先送りにするわけにはいかないけれど……。でも、今の私には正常な判断が下せる気がしないのよ！）


ヴィークの一六歳の誕生日を祝う夜会には、パフィート国中の貴族たちが余すことなく出席していた。

豪華絢爛（けんらん）な会場に着飾った出席者たちがひしめき合うのをバルコニーから眺めて、クレアは目を輝かせる。

「すごい人ね、リュイ。ノストン国でもいろいろな場に出る機会はあったけれど、こんなにたくさんの人が集まるのは初めて！」

「そうだね。王位継承者だし、この前のように一〇年に一度の式典とかがなければ一年で一番華やかな会だね」

今日の夜会には、ディオンが参加していない。

クレアの護衛として参加すること自体は問題なかったのだが、ミード伯爵家の跡取りとして顔が知られていたディオンは、自分がこのお祝いの場に相応しくないと出席を固辞した。

それを見て、パフィート国での夜会が初めてのクレアを心配したヴィークがリュイを付けてくれたのだった。

当のヴィークは遥か遠くで出席者たちに囲まれている。一言お祝いを伝えたいところだったけれど、どう考えてもそれは不可能だろう。

（お祝いはまた今度にして……せっかくだからこの場を楽しみたいわ）

「クレア様」

なじみ深い声に振り向くと、そこにはリディアがいた。

「リディア様！　今日はお会いできないかと思いましたわ」

「人が多いですものね。……でも、クレア様はどこにいらしてもすぐに見つけられますわ」

クレアの隣にいたリュイが、リディアに挨拶をする。

「お久しぶりです、リディア嬢」

「リ……リュイ様。お久しぶりですわ」

女性ながらも第一王子の近衛騎士を務めるリュイは貴族息女の間で有名な存在で、ファンも多い。ご多分に漏れず、魔力が強く、教会に縁を持つ家の者としてリディアはリュイに憧れていて、緊張した面持ちである。

「今日の殿下はご令嬢方のところまで挨拶に回るのは難しいようです。申し訳ありませんが、会を楽しんでくださいね」

「ヴィーク殿下には毎日学校で会っていますし、全く必要ありませんわ、リュイ様」

リュイとの会話に目を輝かせるリディアを遠巻きに眺める令嬢たちが、視界に入る。

（……あまり目立ちすぎてはいけないわ。私はリディア様と会えたし、リュイにはヴィークの側にいてもらった方がいい）

そう思ったところでまた声をかけられた。

「クレア・マルティーノ様。ごきげんよう」

それは、優しそうな友人たちを従えたニコラだった。

わがまま放題に見えるのに、彼女の友人たちはいつも微笑ましそうにニコラに寄り添っている。それも、クレアが彼女に好感を抱いている理由のひとつだった。

「ニコラ様。このような場でお目にかかれてうれしいですわ」

「……む、向こうに」

「ええ」

「むむ向こうの、カーテンの奥にティーセットを用意してあるの」

「ええ」

「……」

「……」

「クレア、行ってきたら。どうせ今日はヴィークとは話せないだろうし」

それが、ニコラからのお茶の誘いだとクレアが察するまでに優に三秒はかかった。いち早く察したリュイがクレアに提案する。

「ええ……でも……」

「リディア嬢のことは大丈夫」

「ありがとう、リュイ」

リュイに背中を押されて、クレアはニコラの方に向き直る。

「ニコラ様、お誘いいただき感謝いたしますわ」

「……こちらですわ」

ニコラは複雑そうな表情を浮かべ、ばつが悪そうにしている。それなのに、頬が赤く染まっているようにも見えて。

リュイの背後でリディアが心配そうにしていることに気がついたけれど、クレアはこの誘いに嫌な感じはしなかった。

「……あの。私がこうしてお誘いしたこと、誰にも言わないでいただけるかしら」

夜会会場の端、柱の陰を利用して作られた小部屋のようなスペースにクレアを案内し、重いカーテンを閉めたニコラは言う。

「……」

クレアはさりげなく小部屋を見回す。ニコラの友人たちや侍女はこの部屋に入らなかったので、完全にクレアと彼女の二人きりだ。

王宮のどこかの部屋からわざわざ持ってきたのであろう上品な造りの大きめのソファの前には、ティーセットと菓子が美しく盛られている。

菓子の中には、定番のクッキーやスコーンに交ざって、クレアの好物であるメープルシロップが練り込まれたパンケーキもあった。

ニコラの態度や誘い方は随分不愛想だったが、クレアのために一生懸命準備したことが見て取れる。

「……もちろんですわ。誰にもお話ししません。お約束いたします」

急に目の前のニコラが愛らしく思えて、クレアはつい顔が綻ぶ。

「な、何ですの。そのお顔は」

「ごめんなさい、ニコラ様。何かお話があるのですね」

この部屋には侍女がいない。クレアはティーポットを手に取りカップに紅茶を注ごうとしたけれど、意外なことにニコラにポットを奪われてしまった。

真っ赤な顔と挙動不審な仕草に似合わない優雅さで、紅茶をカップに注いだ後、ニコラはさも当然のように言った。

「私のものと、カップを取り換えてもいいですわよ」

しかし、クレアには一生懸命真ん丸の目をつり上げて虚勢を張っているこの少女が悪事を働くとはどうしても思えない。

「不要ですわ、ニコラ様」

「!? ……ク、クレア様は随分変わったお方なのね」

「ニコラ様は本当におかわいらしいですわね」

「……なっ……！」

「……とってもおいしい。この紅茶の葉、私が好きな香りです」

赤面して目を丸くしているニコラのことは気にせず、クレアはお茶を飲む。きっと、この紅茶も誰かにクレアの好みを聞いて取り寄せたものなのだろう。

（やはりニコラ様は思った通りのお方だわ）

微笑むクレアと、何だか気まずそうなニコラ。

しばらくの間沈黙が続いた後、やっとニコラがおずおずと話し始めた。

「……クレア様は、ノストン国の王立貴族学院に一年間通われていたのですわよね」

「はい、そうでございます」

「王立貴族学院とは、どんなところなのかしら……」

いつも上から目線で自信に満ち溢れているはずのニコラが、遠慮がちに発言する。

「……王立学校と比較すると、全寮制で『貴族社会の縮図』のようになっているという点が最も大きな違いですわね」

クレアはそう答えたものの、ニコラは何を知りたいのかがわからずにいた。

「そうなのね……。では、勉強よりも社会経験に重きを置いている学校ということなのね。もし私が転入した場合、どんな生活になるのかしら」

「そうですわね……。まず、王立貴族学院には生徒会という組織があります。今はノストン国第一王子のアスベルト殿下が在籍されていますので、彼をトップとした組織体制が敷かれています。パフィート国の王族であるニコラ様は、そこで彼に次ぐ地位を務める必要が出てくるかと」

どちらも貴族子息・息女のために作られた学校ではあるけれど、実際に通ってみると明確な違いがあった。

パフィート国の王立学校は全ての教育レベルが非常に高い。一方で、ノストン国の王立貴族学院は集団生活の中で家同士の関係を深め、将来の国政や領地経営に役立てるのだ。

（それぞれ面白い特色があるのよね。どちらが優れているとは言えないけれど）

説明を聞くニコラの瞳が、少しだけ揺れた気がした。

「学問に関しては、パフィート国の方が大きく進んでいます。自己研鑽（けんさん）という意味では不安かもしれませんが、問題なくついていけるかどうかを気にされているのでしたら、ニコラ様でしたらご心配には及びませんわ」

「……そう……」

これは、『扉』絡みだ。話すうちに、クレアはそう確信していた。

パフィート国とノストン国、扉を設置するにあたってどちらの反発がより大きいかといえば、考えるまでもなくノストン国だ。

ありえないが、もし『扉』を利用して内部からパフィート国に侵略を仕掛けられた場合、ノストン国はなす術（すべ）もないだろう。

しかし、根本的にその力関係は扉がなくても同じことだ。できるだけ大国からの提案は受け入れ、良好な関係を築いておきたいのが本音のはずだ。

そこで白羽の矢が立ったのがニコラなのだろう。

王族の留学生を送り込み、彼女のために『扉』を設置させるという口実を作る。そうすれば摩擦なく実現するという目論見だ。

（……二国間の関係を良好に保つためとはいえ、ニコラ様を犠牲にするなんて）

クレアは、気持ちが沈むのを感じていた。

「ちょっと。何を考えているのかわからないけれど、私はヴィークお兄様とあなたのことを見ているのが嫌だから留学したいわけじゃないわよ⁉」

「え」

考えていたこととは方向性が全く違う指摘を受けて、クレアは目が点になる。

「留学は、ずっと前から希望していたことよ。お父様の反対で叶わなかったけれど！　私は、経験を積んで、将来ヴィークお兄様のお手伝いをするんだから」

「ノストン国への留学を……。そうだったのですね」

「この国にいてはずっとお姫様扱いよ。学問や研究はできるけれど、その他の経験が不足するわ。……お、王立学校でも、うまく立ち回れていないし……」

勢いは良かったが、最後の方になるとモゴモゴとした口調になっていく。

「失礼いたしました。見当違いの心配をしてしまいました」

クレアは頭を下げた。

「……その『生徒会』っていうの、詳しく知りたいわ。あと、全学生が全寮制の寄宿舎に暮らすというのにも興味があるわ」

「確かに、そのような志をお持ちなのでしたらよい経験になる組織かと思います。寄宿舎では頻繁に生徒会主催のお茶会や夜会が開かれておりますし」

「そうなのね！　詳しく聞くとやっぱり面白そうだわ」

この部屋に入ったときにニコラが浮かべていた気まずそうな表情はすっかり消え、目が輝いているのがわかる。

「……留学を諦めて王立学校に入学し、新生活に慣れてきたところだったから判断を少し迷っただけよ。これが、国のためになるならなおさら喜ばしいことだわ」

そう語るニコラの表情は晴れやかだった。

（ニコラ様は、私に相談するまでもなく答えを決めていらっしゃったのだわ）

ただ、誰かに自分の決断を後押ししてほしかったのだろう。その意味でノストン国の事情に詳しく、適度に距離があるクレアは適任だったようだ。

こうして、ニコラの留学は決まった。


「昨日は俺のところに来なかったな」

翌日。正面の入り口からクレアの部屋を訪ねたヴィークが不満そうに言う。

「当然でしょう。ヴィークと話したい方々がたくさんいらっしゃるのに、近づけるわけないじゃない。……でも、とても楽しませてもらったわ。お招きいただき、ありがとう」

「ニコラだな」

「知っていたのね」

「ニコラから、留学についてクレアに相談したいという話は聞いていたんだ。しかしまさか、俺の誕生日を祝う夜会の最中にクレアを持っていかれるとはな」

「ふふっ」

「昨日は、クレアを国王陛下に紹介するつもりだったのだ。また次の機会まで待たなければいけなくなってしまった。……全く、どこまで計算していたんだか」

ヴィークは面白くなさそうな表情を浮かべ、頬杖をついた。さり気なくしのばされた『国王陛下への紹介』という言葉に少なからず衝撃を受けつつ、彼の意図するところがいまいち摑めないクレアは、微笑んだ。

「ドレスは新調しなかったのだな」

「ええ」

「気が回らず、すまなかった」

「……」

クレアは、ここでも真意を汲み取れない。

これは、単純に王宮ご用達の質の良い仕立て屋を紹介できなかったという意味なのか、それとももっと深い意味を持つのか。

ちなみに、揃って出席する夜会でのドレスを手配することはこの国では婚約者の義務に近いものがある。

ヴィークはクレアの一度目の人生での自身とクレアの関係について、明らかに何かを察しているようではあった。

しかし、目の前のヴィークは大きなイベントを終え、ノストン国との間に扉を設置するという計画にも目途がつき、のんびりくつろいでいる。

「何だ」

クレアが目の前の透き通った瞳を覗き込むと、ヴィークは余裕たっぷりに微笑んだ。

「いいえ。何でもないの」

今も前も、ヴィークはずっとまっすぐに自分のことを見ていてくれている気がする。そのヴィークが何も言わないのであれば、クレアにも自分から動く勇気はなかった。

(ドレスの意味が、後者ならいいのに)

柄にもなく、他力本願なことを思う。

二度目では、ヴィークのことは大切な友人と思うようにしてきた。しかし、心の奥底では違う関係を期待していることに気がついて、頬が熱を持っていく。クレアはそれを悟られないように俯いた。

ヴィークが時計に目をやった後、ソファから立ち上がる気配がする。

「……次のときは相談するといい」

「え?」

「ドレスだ。おやすみ」

クレアに辞退するタイミングは与えられない。ヴィークの言葉に驚いて顔を上げると、彼はもういなかった。


「クレア様、どうなさったのですか。顔色が優れないように見えるのですが」

午後の講義が始まる前、心配そうにリディアが言う。

「大丈夫ですわ。少し寝不足なだけです」

クレアのこの返答には、大きな嘘が含まれていた。実際には昨夜、少しではなくほとんど眠れていないのだ。

理由は、ヴィークが去り際に残した『次の夜会にはドレスを仕立てたい』という趣旨の言葉だ。パフィート国では『未婚女性に夜会のドレスを仕立てること』は両親の他は婚約者にしか許されていない義務だ。

こういったことにあまり免疫がないクレアには、ヴィークの言葉が求婚のようにしか思えなかった。

そんな都合がいいことが起こるはずはない、と何度打ち消しても、すぐに脳裏にはこの言葉が浮かぶ。それを繰り返しているうちに、朝になってしまったのだ。

（私は俯いていてヴィークの顔を見ていないから真意はわからないわ……。でも、冗談を言っている声ではなかった気がするわ）

「本当ですか。もし気分が悪いようでしたら、お帰りになった方が」

「リディア様、お気遣いありがとうございます。でも本当に大丈夫ですわ」

「体調が悪いのか」

リディアの後ろから、ヴィークが顔を出す。寝不足の原因となった張本人の登場に、クレアは思わず顔を背ける。

「いいえ。大丈夫ですわ」

「……そうか……」

心なしか、ヴィークもいつもより言葉少なだ。

（……）

「クレア様。今日は私の馬車で一緒に帰りませんか。たまにはゆっくりお話ししましょう」

「え……ええ」

何かを察したリディアの誘いで、クレアはリディアと一緒に帰ることになった。

「それで、ヴィーク殿下と何かあったのですね」

馬車に乗って扉が閉まるなり、リディアは目を輝かせた。ものすごく心配そうにしていたさっきまでの姿が嘘ではないのはわかるけれど、わくわくしているのを全く隠せていない。

「何かって……、ええ、何というか」

(考えてみれば……私はヴィークとの関係をリディア様に細かく話したことはないのよね)

一度目の人生では妃探しの夜会の後、事の顚末(てんまつ)を説明し、既にいろいろと察していたリディアから祝福の言葉をもらった。しかし今回は、何を話したらいいのかわからなかった。

「二人の様子を見ていればわかりますわ。……私は恋愛結婚が許されていない身です。少しぐらい、幸せなお話を聞かせてくださいな」

リディアの寂しそうな様子に、クレアは口を開く。

「実は……昨日、次の夜会のときには自分がドレスを仕立てたい、というようなことを言われまして」

「誰にでしょうか」

「ヴィーク殿下にです」

「……」

「……」

「……それって、ほとんど求婚ではないですか!!」

普段おしとやかなはずのリディアが、両頬を手のひらで押さえ、顔を真っ赤にして叫ぶ。

ここが学校の講義室ではなくてよかった、とクレアは心底思った。

「実は、私もそうとしか思えなくて……でも、殿下はいつも私に良くしてくださるし、その一環なのかもしれないと」

「これまで、敢えてお話しすることはなかったのですが……ヴィーク殿下はクレア様のことをよくランチにお誘いになるでしょう？」

「はい。リディア様にはご不便を……」

「そのようなことはどうでもいいのですわ。ヴィーク殿下はご自分の立場をよくわかっておいでで、どんな名門の令嬢もお側に置いてこなかったのです」

確かに、一度目の人生を振り返ってもヴィークはそうなのだろう。けれど、はっきりとした言葉がなくてどうしても確信を持てない。自信のないクレアを気遣うように、リディアは微笑んだ。

「明確な言葉がないと不安かもしれませんが、私にはそれが現時点での殿下の精いっぱいに思えますわ。婚約者を持たない殿下には自由恋愛が許されていると聞いています。しっかりとしたお相手をお選びになるという信頼あってのものでしょう。しかし、さすがに殿下が求婚するには、まず国王陛下へのお目通りが必要かと」

「国王陛下への……お目通り……」

「ええ。正式な謁見ではなく、夜会での挨拶でも何でもいいのです。とにかく国王陛下に紹介して、許可を得ることが必須ですわ」

クレアは、昨夜ヴィークの口から出た『国王陛下へ紹介』という言葉を思い返す。

（あれって……！）

お土産のメープルシロップの瓶に、心配して抱きしめられたこと、ランチタイムへの誘い。

一つが繋がると、クレアには心当たりがありすぎて。

全て、ただの優しさではなかったとしたら。そう思うと、くらくらと眩暈がした。


リディアに離宮まで馬車で送ってもらうと、叔母のアンから手紙が届いていた。

それは、マルティーノ公爵家がシャーロットを引き取った経緯に関する待ちに待った返事だった。

ヴィークのことを考えると頭が沸騰しそうだったけれど、何とか気持ちを切り替えて封を開ける。

叔母の字で書かれていたのは、予想通りの内容だった。

まず、クレアの母親はシャーロットを引き取りたいと願っていたということ。シャーロットが暮らす環境を心配していて、何とかしてあげたいと常々心を砕いていたらしい。

そして、祖母フローレンスはそれに強く反対していたということである。

手紙は『この先は会えたときに話したい、少なくともシャーロットの洗礼式までに』という言葉で締めくくられていた。

「会って話したい……直接話さないとわからない複雑な事情があるのかもしれないわ」

コンコン。

「どうぞ」

慣れたノック音に、クレアは間を開けずに答えた。

「遅くなってごめんね。手伝いが少し長引いちゃって」

「私が街へ外出するとき以外は自由にしていていいのよ？」

「そういうわけにはいかないでしょ」

ディオンは、いつも通りニコニコと微笑んだ。

王立学校を辞めた後、ディオンはヴィークの側近たちの手伝いをするようになっていた。

これは、ディオンとマルティーノ家の雇用契約書にアスベルトの署名があったからこそ叶ったことである。

もともと育ちが良く、立ち振る舞いが上品なディオンはクレアだけではなくヴィークの近くにいても全く違和感がなくなっていた。

「一つ、相談してもいい？　私の妹、シャーロットのことなのだけれど」

「うん。どうしたの？」

「シャーロットの暴走を阻止するヒントが見つかるかもしれない。近いうちに、転移魔法でノストン国へ行こうと思うの。……護衛として、ついてきてくれない？」

「それはもちろん！　でも……そんな回りくどいことをする必要があるのかな？」

「どういうこと？」

ディオンは急に真面目な顔になる。

「彼女が目覚めさせる予定の魔力の色は白なんだろう？　僕のは一段下の、青だ。クレアにはは返されちゃったけど、色が一つ違うぐらいなら、今度は問題ない」

「……！」

ディオンの意図するところを察したクレアに、緊張が走る。

「……クレアと殿下のためなら、僕は何でもするよ」

ディオンらしい爽やかな笑顔だけれど、目の奥は笑っていない。

それは、シャーロットに禁呪を使い、彼女の魔力に歪みを生じさせるということを意味していた。

リュイによると、一度『共有』されると、魔力を使う際その相手に全てが干渉されてしまうようになるらしい。

自分が使うときは精霊の力を借りられなくなり、相手が使うときは自分の魔力が持っていかれてしまう。クレアが、ディオンを巻き込んでしまったように。

（思いつかなかったけれど……そういう手段も取れるのね）

「ありがとう、ディオン。気持ちはうれしいけれど、それはもう言わないで。自分をもっと大事に……」

「捨て身じゃないよ。クレアにはね返されたのが異例中の異例すぎるだけだよ」

さっきの鋭い眼光が嘘のように、ディオンはもうニコニコ笑っていて。

（最終手段としては当然なのかもしれないけれど……きっと、シャーロットだけでなくディオンも心に傷を負う。そんなの駄目だわ）

国を救いたい気持ちと、妹の人生を思う気持ちと、友人の心を思う気持ち。そのどれも捨てきれない気がして、クレアは目を伏せたのだった。


三日後。クレアは王立学校から帰宅すると、一人で地味なデザインのドレスを選んで着替えた。そろそろ時間である。

「クレア、少しワクワクしてるでしょ？」

ディオンが無邪気に言う。

「……少しだけね……」

子供のような感情を言い当てられて、クレアは恥ずかしかった。けれど、たった数時間とはいえ久しぶりの里帰り。しかもアンに会えるのだ。

一度目の人生では、クレアはノストン国に帰りたいと思ったことすらなかった。

しかし、今は少し違う。

自分を認めてくれている兄オスカーや、進んで後ろ盾になろうとしてくれるアスベルト。味方がいると思うだけで、気持ちは随分と軽い。

ディオンが肩に手をのせたことを確認して、クレアは呪文を唱えた。


いい香りにぎゅっと抱きしめられている感覚がある。目の前で自分を包み込む、クレアよりも少しだけ背が小さいボブヘアの女性。

華奢（きゃしゃ）だが、体中から陽のオーラが溢れ出ていて朗らかで温かい。それは、久しぶりに会う叔母のアンだった。

「アン叔母様、お久しぶりです」

クレアはきちんと挨拶がしたかったが、アンがクレアのことを抱きしめたまま離してくれない。

久しぶりに来たノストン国の王宮にある教会は、人払いがされていて声がよく響いた。

「クレア、会いたかったわ。ベンジャミンお兄様が急に留学なんてさせちゃうから……！洗礼式以来ね、元気だった？」

「ええ。元気ですわ」

「あら……？」

クレアに頬ずりをしていたアンが、ディオンの存在に気づく。

「初めまして。クレアの叔母のアンと申しますわ」

「僕はクレアお嬢様の護衛をしているディオン・ミノーグです。初めまして」

ディオンも明るい笑顔で答える。

「……ここまでの転移魔法は、彼が？」

信じられないという様子で、アンはクレアに視線を送る。クレアは、一瞬戸惑った。正直に言うと、本来の魔力を目覚めさせていることをノストン国に隠したい。

しかし、叔母を欺くのはこれからのことを考えると無意味にしか思えなかった。

「いいえ。私ですわ、アン叔母様」

「え？　でも、洗礼式では……。クレア、一体どういうこと……？」

「私も偶然知ったのですが、お母様の生まれは、ノストン国ではなく旧リンデル国だったようです。書斎の金庫に手紙が隠されていました」

「リンデル国？」

アンの目が大きく見開かれる。

「やはり、アン叔母様もご存じではなかったのですね。母は……男爵家の末娘と皆が思っていますが……実際には、滅亡したリンデル国の王族の生き残りだったようです」

そして、クレアは自分が知っていることを全て話した。

母は自分や家族の身を守るために出自を偽っていたこと。

不慮の事故で亡くなったと聞いているが、リンデル国の滅亡に関わった者の手によって消されたのだということ。

偶然、金庫の手紙を見つけ、パフィート国へ向かう途中に立ち寄ったリンデル島で泉に入ったところ、洗礼を受けることができたこと。

魔力の色は正確にはわからないが、銀と同等以上の力があるらしいということ。

ディオンの前で話すのは申し訳なく、酷だとも思ったけれど、ディオンも穏やかに微笑んだまま静かに話を聞いてくれた。

「そんな経緯があったのね。クレア、ごめんなさい。何も知らずにアスベルト殿下との婚約を解消して留学させるなんて……」

「アン叔母様、そのことはいいのです」

クレアには、過去の地位に何の未練もない。誤解されないよう、目を潤ませるアンに努めて明るく話す。

「私、パフィート国での生活がとても楽しくて……本当に国を出て良かったと思っていますわ。ここにいるディオンもそうですが、素敵な友人に恵まれました。ですから、ノストン国には戻りたくはないのです……どうか、今の話をここだけに納めていただけませんか」

「えっ……そう……そんなに……」

ノストン国に戻りたくない、という言葉にアンはショックを受けた様子だった。しかし、クレアの表情を見て、すぐに納得したようだ。

「確かに、今の状態でクレアがマルティーノ家に魔力を目覚めさせていると知られたら、面倒なことになるわね。絶対に知られない方がいいわ。……私はクレアの味方よ。あなたが、幸せに生きてくれればそれでいいわ」

「アン叔母様……」

「困ったのはシャーロットね。彼女がもっときちんとしてくれればいいのだけど」

アンはため息をついて続ける。

「シャーロットは、教育係である私のところにほとんど来ないわ。王立貴族学院でも好き放題みたいで……アスベルト殿下も手を焼いているそうよ。もし、彼女の魔力の色が白でなかったら、マルティーノ家は相当面倒な立場に置かれるわね」

(……『白』)

クレアは、アンの口ぶりに違和感を覚えた。マルティーノ家に生まれた女性が持つ魔力の色はほとんどが銀か白だ。確かに白であることが多いとはいえ、ここまで色を限定するのはしっくりこない。

「アン叔母様は、シャーロットの魔力の色が白だと知っているのですか」

「……予言みたいなものだけれどね。クレア、あなたはこれが聞きたくて、わざわざ転移魔法を使ってここに来たのよね」

アンは優しい眼差しをクレアに注ぐ。クレアは何も言わずに頷いた。

「どう話したらいいのかしら。母……あなたのおばあ様は、『夢』を見るタイプの方だったみたいなのよね」

「夢……?」

「そう。自分の見たいことが見られるわけではないし、断片的なものだったみたいだから予言と呼べるレベルではない。でも、とにかくクレアより一歳年下の少女をマルティーノ家に引き入れてはいけないとよく言っていた。母はあまり『夢』の話をしなかったけれど、それだけは覚えているの」

アンの話を聞くクレアの頭には、またぼんやりとしたもやのようなものがかかる。それに抵抗しながら、心の中である仮説を立てていた。

祖母が断片的に見ていた夢は、所謂もう一つの世界での『アスベルトルート』に入った後のこの世界ではないのか、と。

歴史を遡ると精霊からの神託を受けられる聖女は過去確かに存在したが、現在はノストン国・パフィート国のどちらにもいない。それほどに稀有な存在である。

それを踏まえると、祖母がクレアと同じようにどこかからこの世界を俯瞰して見ていたとしてもおかしくはなかった。

ただ、もしそうだとしても祖母が見ていた夢は非常に断片的なものなのだろう。

その証拠に、クレアは祖母から母の出自や兄レオが捨ててしまうことになる手紙の存在を聞いていなかった。

「母の夢の通りなら……少し後のシャーロットの洗礼式では、白の魔力が目覚めるはずなの」

「アン叔母様が会って話したいとおっしゃっていたのは、この状態でシャーロットが洗礼式を迎えてしまった場合の対処についてなのですね」

「そう。どうなるのかまでは母は言っていなかったけれど……。魔力を目覚めさせてしまった後が心配だわ。あの子、頭は悪くはないけれど、生まれつきあまり深く考えるタイプではないでしょう? 自分が中心と信じて疑わないというか……。強い魔力を持っていて、制御方法や使い方を知らないということが一番怖いわ」

クレアは、あの夜会でのシャーロットの振る舞いを思い出していた。

アスベルトやクレアが微塵も目に入っていないかのようにヴィークに話しかける彼女は、周囲の意思を完全に無視しているように見え、異常そのものだった。

（まるで、『攻略対象者に会ったときのヒロイン』のような……）

無意識のうちに浮かんだ言葉に、クレアはハッとした。

（そうよ、シャーロットは『ヒロイン』だったわ。自分が中心だと信じているのは当然のこと。……私は、どうしてこんなに重要なことを忘れていたのかしら）

けれど、しっかりと意識の中にあったのはほんの数秒で、また頭がぼうっとしてくる。

どうやら、向こうの世界のことはなかなか頭に置いておけないのかもしれない。

「シャーロットが品行方正とはいかなくても、力を利用して人に迷惑をかけなければいいのだけれど……今のままでは難しいかもしれないわね。あなたのおばあ様もね、夢を現実にしないために動いていたみたいなのだけれど……詳細はわからないのよね」

すっかりお手上げ状態のアンに、シャーロットの教育が全くうまくいっていないということ、そして改善が望めないことがわかる。

「何だか……クレアは、随分変わったみたいね。前から賢くしっかりした子だとは思っていたけれど……目に力が宿った気がするわ」

「ありがとうございます、アン叔母様。少し時間がかかるかもしれませんが、シャーロットのことは、私に案があります。何か変わったことがあったら、お知らせいただけますか」

もちろん、今のところ案などはない。けれど、それは『自分の力を使えばいいのに』というようにニコニコと視線を送ってくるディオンへの牽制(けんせい)でもあった。

「もちろんよ、クレア」

アンがクレアをまた抱きしめる。気がつくと、教会の天井に見える空はすっかり暗くなっている。

束の間の再会は終わりの時間を迎えていた。

「僕……ちょっとだけノストン国の外が見てみたいな」

「あら、いいじゃない。この時間になると、教会の近くには誰も来ないわ。少しだけ外を散歩していったら」

アンもディオンのことをすっかり気に入ったようだ。

「そうね……少しだけならいいかしら」

二つの柔らかい笑顔に、クレアは頷いた。


教会は、王宮の端にある。

王宮内には内廊下で繋がっているが、周辺は泉と庭園に囲まれていてしんとしている。まるで別世界のようだ。クレアも、小さい頃この近くで遊んだ記憶があった。

(懐かしいわ……)

王宮へと続く廊下に佇み、庭園を眺めていると視界の端に黒い影が映った。

(……！)

クレアはしまったと思ったけれど、隠れるにはもう遅すぎた。

「なぜ……あなたがここに……」

数メートル先で固まっている彼は、クレアとディオンの後ろ盾だった。

「……お久しぶりです、アスベルト殿下」

「久しぶりだな……俺は……夢を……？」

「見ていません、殿下。叔母のところをお忍びで訪問したのです。シャーロットのことで相談を受けまして。今日到着し、用が済みましたのでもう帰るところです。父にはどうか内密に」

クレアは、いざというときに備えて準備していた答えをスラスラと述べる。

「随分と過密すぎる日程ではないか。……すぐに部屋を準備させる」

顔色を変えたアスベルトが踵を返そうとするのを、クレアは慌てて止めた。

「お待ちください。……彼は、私の護衛でディオンと言います。先日は、お力添えをいただきありがとうございました」

「アスベルト殿下。私はパフィート国のディオン・ミノーグと申します」

ディオンが片足を引いて姿勢を低くし、丁寧に挨拶をする。

「ああ、きみか。複雑な事情があるものの優秀だというのは」

クレアは少しだけ意外さを感じた。

もちろん、アスベルトがディオンの雇用契約に関して推薦状を書いてくれたことには強く感謝している。

しかし、他人への興味が向きにくい彼が、まさか内容を覚えているとは思わなかったのだ。

「彼は、元はパフィート国の王族を祖に持つ名門の出身です。今回の訪問には、馬は使用しておりません」

クレアは満面の笑みを向けた。意図を察したディオンも話を合わせる。

「力を生かせる地位を与えていただき、感謝しています」

「そうだったのか……。パフィート国の人材の層の厚さは本当に素晴らしいな」

アスベルトは疑うことなく信じ切っている。

純粋に賞賛している様子に敵意はなく、数か月後にシャーロットにいいように使われてしまうとはとても思えなかった。

「……それなら、もう少し時間はあるだろう。三人で、少しだけ話をしないか」

穏やかな表情を浮かべたアスベルトの思いがけない提案に、クレアとディオンは顔を見合わせた。


クレアとディオンが案内されたのは、教会にもっとも近い場所にある応接室だった。

王宮と教会を繋ぐ通路にあり、部屋の中に入ると壁一面が窓になっていて、庭園の景色を見渡せる。

(こんなに素敵な部屋があったことを知らなかったわ)

長椅子タイプのソファが二つとテーブルが置かれ、部屋の隅には庭園に咲いているのと同じ甘い香りのする花が飾られている。

広さはあまりないけれど、数人で話すのであればこの部屋で十分だ。

「……アスベルト殿下。妹はどうしているでしょうか。最近、手紙に返事がないのです。アン叔母様にも話を伺ったのですが、王妃教育を休んでいると」

「最近のシャーロットは、近く行われる洗礼式のことで夢中になっているな。一つしかない体では到底着きれないほどにたくさんのドレスやジュエリーの請求書が、王宮宛てで来ていたような気がする」

「それは……申し訳ございません」

クレアは、慌てて頭を下げる。兄オスカーがシャーロットに厳しくなったことは知っている。王妃教育から逃げ回ってショッピングばかりしていては、兄が許すはずがない。

だから、シャーロットは請求書をアスベルトに送っているのだ。

「いや……それはいいのだ。彼女は婚約者だからな。だが……少し不思議な気はするな。あんなに会いに来るのにシャーロットはこちらを見ていない、というか。まあいい。……それよりも、パフィート国での暮らしはどうだ」

「おかげさまで、とても充実していますわ」

クレアにとってアスベルトといえば、どこか優しさに欠ける、というか人の心の機微に非常に疎いという印象があった。

もちろん、そのほとんどは一度目の人生で培われたイメージなのだけれど。

たとえば、今日も偶然会ったかつての婚約者をお茶に誘い、景色の良い部屋を提供するなど存外すぎる立ち振る舞いだった。

戸惑いを含んだクレアの視線に気がついたアスベルトは言う。

「引き留めてすまない。ただ……パフィート国の国王や王族方はどのような方々なのか一度聞いてみたくてな。パフィート国の王宮で暮らすクレアなら知っているかと、つい誘ってしまった」

「それは……『扉』に関係してでしょうか」

「知っていたのか」

意外そうな眼差しをこちらへと向けてから、アスベルトは続ける。

「その通りだ。……国内での意見が割れていてな。今回の話、パフィート国では国王ではなく第一王子のヴィーク殿下が中心になって進めていると聞く。ヴィーク殿下は本当に信頼できる方だろうか」

クレアは不思議に思った。両国間に『扉』が設置されることは既に決定事項で、覆されることはないと聞いている。

アスベルトが本当に知りたいのは、扉の設置がノストン国にとって安全かどうかではなく、言葉の通り純粋にヴィークという人物に関してのような気がした。

「彼は……ヴィーク殿下は素晴らしい方ですわ。機知に富み賢明なだけではなく、人間性も豊かです。何よりも、バランス感覚に優れていますわ。友人としてはもちろん……ノストン国を祖国とする一個人として、信頼に値するお方かと」

「……そうか」

クレアの言葉は、アスベルトの見解に一致したようだった。一言相槌を打ったきり、彼は黙りこくってしまった。

数十秒以上の間が空く。クレアの隣に座っているディオンは、さっきまでの爽やかな笑顔をしまい込み、背筋を伸ばしている。

「……もし、扉が設置できたら、クレアも頻繁にこちらに来られるのか」

「え……？」

躊躇いがちに告げられた言葉に、クレアは瞬きをする。

（これもきっと、扉の設置可否に関することだわ。数か月後の魔力竜巻で私の魔力の色が知られたとき、トラブルの元にならないようしっかり安心していただかなくては）

「ええ。もちろんですわ」

笑顔で力強く答えると、隣に座るディオンが慌てたようにクレアの靴をコツンと蹴る。自分は何か間違ったことを言っただろうか。

そう思ったクレアが目の前のアスベルトの様子を窺うと、彼の頬には赤みがさしているように見えた。

「元婚約者であるあなたに、こんなことを言うのはおかしいのはわかっている。しかし、私は……クレアが充実した留学生活を過ごしていることをうれしく思う一方で、手離さず側に置いておきたかったという想いも強いのだ」

これは、そういう意味だ、とクレアはやっと理解した。

パフィート国での賓客扱いも、シャーロットへの計らいも、度を超えた長い手紙も、ディオンの推薦書も。もしかしたら、この瞬間のヴィークという人物の人間性の確認ですらも。

これが一度目の人生、王立貴族学院で孤独に耐えていた頃の自分に向けられたものだったらどんなによかっただろう、とクレアはどこか他人事のように思う。

少なくとも、アスベルトは報われたはずだった。

「……私には、お慕いしている方がおります」

礼を述べるでもなく、無意識に口をついて出た言葉にクレアは自分で驚く。

「ああ。先ほどの口振りから、そうかもしれないとは思っていた。……ただ、伝えておきたかっただけだ」

予想とは正反対に、アスベルトはリラックスした雰囲気で微笑んで。自分が発した冷たい言葉を訂正しようとクレアは思案したけれど、彼の意外すぎる破顔につられて顔が緩んでしまった。

彼のこんなに穏やかな表情を見たのは、初めてだった。

「……今度、パフィート国の王弟殿下のお嬢様が王立貴族学院に留学することはご存じかと思います。その、ニコラ様に初めてお会いしたとき、少しだけシャーロットに似ている気がしましたの」

「留学生はシャーロットに……。そうか……」

アスベルトの放心した表情に、クレアは彼の苦労を悟った。

「でも、ニコラ様は実際にはとてもしっかりしたお方でしたわ。シャーロットの良い手本となるかと」

「……シャーロットに見習う気があればよいのだがな」

「そうですね。しかし、あまり表面に出される方ではありませんが、ニコラ様はお一人で不安かと思います。彼女のことを気にかけていただけますか」

「もちろんだ。善処しよう」

話が終わり、部屋を退出しようとするクレアたちにアスベルトは言った。

「パフィート国のヴィーク殿下が、信頼できる人物だということがわかって本当によかった。……クレアにとってもな。もし……ヴィーク殿下に、何か伝えたいことがあるなら、早く伝えた方がいい。あなたもよくご存じだろうが、私たちには公的な立場というものがある。時が過ぎてから後悔しても遅い」

クレアは、何も答えられない。ただ、旧友の助言は思った以上に痛いところをついていて。思いがけず心の内を見透かされ、背中を押されてしまったのだった。

パフィート国に戻ったクレアは少しだけ疲れを感じていた。窓を開けてから、ソファに深く座る。

(何だか、疲れたわ……)

「僕、代わりにヴィーク殿下のところに報告に行ってこようか?」

「ごめんなさい……頼んでもいい?」

「オッケー。ゆっくり休んでて」

軽い足取りでディオンが部屋を出ていく。その気配を見送ってから目を閉じてみた。

本当は、少し体がだるいだけで問題なく動ける。

ただ、アスベルトの言葉——もちろん、告白ではなくタイミングを逃すなという助言の方だ。それは、思ったよりも心に響いていた。

(一度目は、ヴィークが想いを示してくれるのを受け取るばかりだったわ。二度目も、せめて友人になりたい、もっと側にいたいと思い始めて、ただ贅沢になっていっただけ。……私は、結局何も言えていない)

自分の意気地のなさにうんざりしつつ、クレアは抱え込んだクッションに顔を押し付けた。

ヴィークの執務室。

「お邪魔します。ノストン国から戻りました」

ディオンの言葉に、執務椅子に座って頬杖をついていたヴィークはさっと顔を上げた。

夕食の時間にはまだ早いけれど、日はもう落ちていて。
・・・
その報告を待つためだけに、彼らはここにいた。

「ご苦労だった。……クレアは？」

「転移魔法が少し疲れたみたいで、休んでるよ」

「様子を見てこようか」

リュイがヴィークに目配せをして立ち上がったが、ディオンがニコニコして首を振る。

「大丈夫。それに何か、悶々(もんもん)としているみたいだし」

「……何かあったのか」

ヴィークの顔色が変わる。

「聖女アン様の話自体はそんなに難しくはなかったかな」

そうして、ディオンはアンの話を説明した。クレアの祖母は『夢』を見るタイプの人で、シャーロットの暴挙を予想し動いていた可能性があるということ。案の定、再教育は難航していて彼女は好き放題だということ。

一通りディオンの報告を聞いた上で、ヴィークは納得したように頷いた。

「まぁ予想通り、シャーロット嬢に何かできるとしても魔力を目覚めさせた後になるな」

「クレアの祖母上は精霊からの神託を受けられたのか。マルティーノ公爵家の魔力を考えると、辻褄は合うね」

静かに話を聞いていたリュイは、少し驚いた様子を見せている。

「あと、さっきノストン国の第一王子に会っちゃった」

「……アスベルト殿下にか⁉」

「うん。でも、大丈夫だよ。僕の転移魔法で来たって誤魔化したから」

ディオンは爽やかに続ける。

「で、クレアが勢い余った王子様から愛の告白を受けてた」

「………」

微妙な空気が流れた後。

「そうか」

こつん、と音を立ててヴィークは机上のペンを弾いた。

「クレアからはノストン国のアスベルト殿下はいまいちだって聞いてるけど、面と向かって言える分あっちの方がましだね」

我関せず、とでもいうかのように剣を磨くリュイを一瞥したヴィークはスッと立ち上がった。

「あれっ、どこ行くの、ヴィーク」

「……少し出てくる」

ドニの問いにヴィークは振り返らずに答える。

ヴィークの後ろ姿を見送った後、側近たちはやれやれ、というように顔を見合わせて笑った。


離宮へは、当然正面の入り口から訪問しようと思っていた。

けれど、以前に窓からクレアの部屋を訪問したときに彼女が「懐かしい」と呟いていたことを思い出したのだ。

(もしかして、一度目の俺は窓からクレアに会いに行っていたのではないだろうか)

ふと浮かんだ考えに、足が止まる。

――もし、クレアがとある男爵家に間借りをしていて、自分の立場上なかなか会いに行けないとしたら。

その答えに、ヴィークは裏庭の方へと向かっていた。

クレアの部屋の窓のところまでやってくると、主室の灯りが見えた。寝室は暗い。恐らく、まだ起きているのだろう、と開いたままの窓から部屋の中を窺うと、ソファから足が見えた。

「……クレア」

呼びかけてみたが、返事はない。

部屋に上がりソファを覗き込むと、彼女はぐっすり眠っていたのだった。

（ノストン国への往復と、叔母からの話……疲れたのだな）

彼女が抱え込んだままのクッションをそっと外し、起こさないように注意して奥の寝室へと運ぶ。ベッドに寝かせてブランケットをかけると、自分は側の長椅子に腰かけた。

あとは侍女に任せてもう帰らなければというのはわかっていたが、どうにも離れがたかった。

（嫉妬の勢いのまま来てしまったが……今、クレアに自分の想いを告げたら、彼女はどんな顔をするのだろうか）

眠気が下りてきたことを感じて、ヴィークはそのまま目を閉じた。


「……殿下……！」

翌朝、ソフィーの狼狽える声でクレアは目を覚ました。

「殿下、どうしてこちらに……！」

「……ああ。そうか。……さっき。さっき来たのだ。俺にも朝の紅茶をもらえるか」

「か……かしこまりました」

まだはっきりしない、ぼやけた視界の中で、ブランケットにくるまれたままクレアはソフィーとヴィークのやり取りを何となく見つめる。

（なぜ……彼がここにいるのかしら）

意識はだんだん明確になってきたが、クレアにはどう考えてもヴィークがここにいる理由がわからない。

自分が昨日のドレスを着たままということを考えると、どこかで眠ってしまったのをヴィークが運んでくれたのだろうか。

「おはよう。よく眠れたか？」

「……ええ……」

クレアが目をぱちくりさせているのに気がついたヴィークが言う。

「この後、街へ付き合ってくれないか。今日は休日だろう」

並んで朝のお茶を飲んだ後、それぞれの自室で身支度を済ませた二人は、王宮を出てウルツの街に向かった。

改めてクレアを迎えに来たヴィークの服装は、短剣を携えてはいるものの完全な街着である。上着のフードを被っているため、彼の特徴であるエメラルドグリーンの瞳とブロンドの髪ははっきり見えない。

「本当に、二人だけでいいの？」

「……皆、クレアが一緒なら安心だと言って、まだ寝ているんじゃないか」

照れくさそうにするヴィークに手を引かれ、馬に乗せてもらう。冷える晩秋の早朝のはずなのに、不思議と寒くはなくて。背中にわずかに感じられる温もりに、鼓動が高まっていく。

二人を乗せた馬は城下町を走り抜け、途中、脇道に入って緩やかな坂を上っていく。そして、ヴィークが馬を止めたのはあの場所だった。

「ここ……私、来たことがあるわ。……来年の、夏にね」

「……それはややこしいな」

馬から下りようとするクレアを遠慮がちに支えながら、ヴィークが柔らかく笑う。

彼がつけているピアスの色と同じ、透き通った瞳が朝日を吸い込んできらめくのに、クレアは見とれてしまう。

眼下には、今上ってきたばかりの緩やかな石坂が見える。石畳の通りには、まだ人けのない民家や店が立ち並んでいる。

朝独特のしんとした空気。この場所からの景色には、これから始まる一日への期待が満ちている感じがして、とても気持ちがよかった。

「俺は……小さい頃から優秀だったんだよな」

街の景色を見渡しながら、石壁に頬杖をついたヴィークは言う。

「ふふっ。でしょうね」

冗談ともとれるヴィークの口調だが、贔屓目（ひいきめ）なしに本当なのだろう。

「ここは、キースとよく来た場所だ」

「そうだったのね」

それは、クレアが初めて聞く話だった。

「子供の頃の俺は、どこかずれていたのだろうな。キースは、学問と剣術ばかりじゃだめだ、って言ってさ。あの真面目なキースが王宮を抜け出すのを主導するなんて、今じゃありえないだろう？」

「うーん……確かに、想像できないわ。でも、今のヴィークはキースの狙い通りになったということね」

クレアに穏やかな視線を送りつつ、ヴィークは言葉を紡ぐ。

「前に、クレアはここの景色のことを『パフィート国の幸せが凝縮されている』と言ったことを覚えているか？　……俺もそう思う。ここに来ると、いつも気が引き締まる」

最近、クレアと二人でいるときのヴィークは、いつもどこか力が抜けた、リラックスした表情でいることが多い。

けれど、今隣にいる彼の横顔はとても真剣に見えて。この場所からの景色が特別なものであることを感じさせる。

「そうね。でも、それは夕方の話ね。今は……希望に満ち溢れている気がするわ。一日頑張ろうって思える……では陳腐すぎるかしら。ここに立っていると、不思議と活力が湧いてくる気がする」

ヴィークは静止し目を一瞬大きく見開く。その後、優しい微笑みに変わった。

「……そうだな」

清々しい朝の匂いの中に、遠くで、カラカラと馬車が行き交う音がする。

「……リュイに聞いたんだが、将来、女官として働きたいと言っているというのは本当か」

「ええ……でも……」

クレアは、少しだけ返答に困る。確かに、王宮での仕事に魅力を感じているのは事実だった。しかし、脳裏にアスベルトの言葉が浮かぶ。

『私たちには公的な立場というものがある。時が過ぎてから後悔しても遅い』

(何と答えたらいいの。もしかして、私の夢が女官になることだと信じて、ヴィークは既に動いてくれているのかもしれないわ……)

「もっと、クレアの能力が生かせる場所があるぞ」

「能力が、生かせる場所」

想いを伝えるタイミングを既に逃してしまったかもしれない、と気落ちするクレアに
ヴィークは続ける。

「ただ……少し考えていた。クレアが何を見て、誰を想っているのかを」

(……?)

クレアは顔を上げて、ヴィークを見つめる。さっきまでの穏やかな表情はそこにはな
かった。張りつめた彼の瞳の中には、ぽかんとした自分の顔が映っている。

この、ヴィークの顔には見覚えがある気がして。そう思うと、途端に鼓動が期待に逸る。

その答え合わせも終わっていないのに、クレアは小さな声で告げていた。

「私、欲しいものがあるの」

「何だ?」

ゆっくりと返ってきたヴィークの声色は、とても優しくて柔らかい。まるで、一度目で
よく聞いたような懐かしい温かさだった。

「ヴィークは、懐中時計を持っているでしょう?」

「ああ。これか? よく知っているな」

(……!)

ヴィークは懐から懐中時計を取り出して見せてくれる。シンプルな文字盤と、裏に刻ま
れた紋章。そして、受け取ったクレアの表情を見て、何かを察したらしい。

「……これは、大事なものだったのだな」

どう答えたらいいのか迷って、クレアは静かに頷いた。

「それなら、持っているといい」

(……違う)

途端に思った。自分が本当に欲しいのはこの懐中時計ではない、と。誤解のようなものを解きたくて、考えの整理もつかないままにクレアは話す。

「……さっき、あなたは私の能力を評価してくれていると言ったわ。でも、前に私はそこまでよくできた人間ではないと言ったでしょう?」

「そんなこともあったな。……だが、俺はそれを肯定はしていないぞ。一度目の人生で酷い目に遭わせた実家や妹を憎まず身を引き、新天地でも腐らず努力する……これができる人間はそういないと思うが」

「……違うの。本当の私は、そうではないの」

さらけ出すのが怖くて、声が震えた。けれど何とか踏ん張って言葉にする。

「もし、その振る舞い全てが個人的な感情によるものだと知ったら、あなたは幻滅するのでしょうね」

「個人的な、感情……?」

「そうよ。一度目のとき。私はこの懐中時計と一緒に約束の言葉をもらったの。私には、それがとても大切だった」

ヴィークが息を呑んだ気配がした。

「……それは、俺が告げてもいいものか。そのときと同じように喜んでくれるか」

「一度目のとき、私はあなたのことをよく知らなかった。……ううん、知っていたけれど、ただ守られて導かれるだけだったのよ。だから今はきっと……そのときよりもうれしいと思うわ」

「クレア……」

ヴィークの表情から戸惑いが消える。クレアはそれに気づいたけれど、緊張に耐えながら言葉を絞り出す。

「……もし国王陛下との約束があっても、好きだ、ぐらいは言ってくれてもいいと思うの。だって、ずっとこの日を待っていたのだも……」

みなまで言う前に、クレアの唇はヴィークに塞がれた。目を閉じる余裕もない、一瞬のことだった。

わずかな間だけ重なった二人の唇が離れた後、驚いて一歩下がるクレアの瞳にヴィークが強引に映り込む。

いつの間にか腕と頬を支えていた彼の手には力がこもっていて、抜け出せない。恥ずかしさと、彼の腕の中にいるといううれしさが同時に込み上げて、言いようのない焦燥に駆られた。

「待たせて、すまなかった。……好きだ」

ヴィークの腕の力が少し弱まり、彼の指がクレアの涙を拭う。さっきまでの力強さとは対照的に、その触れ方はぎこちなく柔らかくて。

そしてもう一度、今度はゆっくりと深く口づけられた。

一度目の人生でヴィークに初めて会ったイーアスの夜。全てを置いてもう一度やり直すことを選んだ日。そして、もう二度と同じ関係にはなれないのだと悟って悲しみに暮れたこと。

彼に何か答えたいと思うのに、いろいろなことが頭を駆け巡って、言葉にならなかった。

「わかっている。大丈夫だ」

そう告げてくれるヴィークに、また涙が溢れていく。

(もう、絶対に……側を離れない)

クレアは途方もない幸福感に包まれながら、そう誓った。

どれぐらい時間が経ったのか、辺りには朝食の支度をする匂いが漂い始めている。

眼下に広がるウルツの街が動き始めたのを二人は感じていた。

「……せっかくここまで来たし、どこかで朝食をとりながら時間を潰して、街を見てから帰るか」

「いいえ。すぐに戻るわ。だって、ヴィークもお仕事がたまっているんでしょう？」

ヴィークは複雑そうな表情を見せる。

「クレアは本当に……。正式に婚約を交わしたら……側近たちが喜ぶな……」

それは、彼が甘い時間に口にするのを堪え切ったと思えた言葉だった。


「おかえり」

「……早かったね？」

執務室に入るなり、リュイとドニが声をかける。ドニは何だか悔しそうだ。

「……帰宅時間を賭けていたな」

「賭けたのはドニだけだよ」

赤面しつつ苦々しい視線を向けるヴィークに、リュイがさらっと答える。

いつものやり取りにクレアがふふっ、と笑いかけたとき、急にキースが目の前に来て片膝をついた。

（……⁉）

「クレアが、ヴィークを選んでくれたことを本当に感謝します。主君だけではなく、あなたへの忠誠をここに誓います」

背後では、ヴィークが余裕たっぷりに笑みを堪えつつも、少しだけ複雑そうな表情を浮

かべている。

「キース……それは俺もまだしていないのだが」

「え」

一瞬で青ざめたキースの横を素通りして、リュイがクレアを抱きしめた。

「おかえり、クレア。これからは私たちがクレアを守る。今以上に。だから、ヴィークのことをよろしくね」

（リュイ……）

また涙が出そうになったクレアは言葉を発せずに、こくこくと頷く。それを満足そうに眺めていたヴィークが言う。

「……近いうちに国王陛下への面会を」

「……それは、もう少し待ってもらってもいい？　私の地位で、お忙しい国王陛下からお声がかかる前に謁見をお願いするなんて、非常識だわ」

「確かにそうだが……しかし、俺は」

「私は、あなたの隣に立ちたいの。……私の評価は、ヴィークの評価にもなるでしょう？　だったら……お声がかかるまでは自分ができることをするわ。とりあえず、ヴィークはお仕事を」

「そ、そうか」

あまりにも強いクレアの決意表明に、婚約への気持ちが高まっていたヴィークは肩透かしを食らった格好だ。

クレアがディオンとともに離宮へ戻っていくのを見届けた後で、顔色を取り戻したキースが微笑みながらヴィークに問う。

「国王陛下には経緯と合わせて、今の言葉も報告しとくか」

「……頼む」

ヴィークはかなわない、といった様子で呟いたのだった。

# エピローグ

「留学生……？　そんなの知らないわ……」

夜会会場の隅。突然父から告げられた言葉に、シャーロットは愕然（がくぜん）としていた。

「ああ。ついさっき国王陛下に伺ったばかりだ。パフィート国の王弟殿下のお嬢様が春から王立貴族学院に留学するらしい。相当優秀なようだぞ。シャーロットも負けないように頑張りなさい」

「は、はい……お父様」

事態を飲み込めないシャーロットは、ドレスの布地をぎゅっと摑んで固まる。

（一体どういうことなの？　王立貴族学園での生活に、隣国の公爵令嬢なんて出てくるはずがないのに……！）

先日、シャーロットはパフィート国の国境の村で洗礼を終え、無事に白の魔力を目覚めさせた。今日は、そのお祝いのための夜会である。

当然、国王陛下と父・マルティーノ公は大喜び。それなのに、婚約者・アスベルトはなぜか浮かない顔をしている。

アスベルトにエスコートを半ば放棄され、立ち回り方もわからず会場をフラフラと彷（さ）

彷徨っていたシャーロットは、父に声をかけられたのだった。

　そして、この報告である。

（そもそも、クレアお姉さまがいないこと自体おかしかったのに……！　王妃教育が大変で怒られてばっかりなのは仕方がないかもと思ったけど……私、本当にこの世界のヒロインでいいのよね⁉）

　頬をぷうと膨らませ、会場を睨みつける。

（……あ！）

「アスベルト様！　ここにいたんですね。みなさまに私のことを紹介してくださらないと！」

　いつの間にか隣からいなくなってしまったアスベルトの姿をやっと見つけて、シャーロットは彼の腕に巻き付いた。

「ああ、すまない。しかしシャーロット、こういった場では高位の貴族から順に挨拶をして回らなくてはいけない。友人と話すのはほぼ無理か、できても最後だ。教わらなかったのか」

「ごめんなさい。キャロライン様がいらっしゃったから、つい」

（だって、今日のために仕立てたドレスを見せたかったんだもの！　靴もジュエリーも、お姫様仕様なのよ⁉　しかも、エスコートは王子様だし……キャロライン様のところに着く前にはぐれちゃったけど！）

心の中で、不満をくどくどと述べる。

シャーロットとアスベルトがはぐれたのは、シャーロットが友人への挨拶を優先したためだった。謝罪を口にしたものの、反省しているわけでもない。

（私は洗礼式を終えたから、白の魔力が使えるのよね）

シャーロットにとって、聖女アンに絞られる王妃教育は何よりもこの世から消えてほしい存在である。体に魔力を満たし、アスベルトにしなだれかかってみた。

「アスベルト様。その、王妃教育のことなんですけど。私、そのままでいいと思いませんか？」

「何を言うのだ。良いわけがないだろう。クレアだって……」

国を出た姉の名が出たことに、シャーロットは小さく舌打ちをした。

（また！　またクレアお姉さま！）

怒りに任せ、さっきよりもたくさんの魔力をのせて続ける。

「実は私、クレアお姉さまとはあまりいい関係ではなかったんです。ああやって、聖女アン様が教育係になったこと、嫌がらせとしか思えなくて……」

「……シャーロット！　今日はおめでとう」

本格的に魔力をのせようと思ったとき、背後から大きな声が響いた。

「アン叔母様……あ、ありがとうございます」

それは、マルティーノ公爵家の子供たちにとって叔母に当たる、聖女・アンだった。

「これで、もっと教会に来てくれるようになるとうれしいのだけれど」

「聖女アン。私の婚約者がいつも迷惑をかけて、申し訳ない」

アスベルトは軽く頭を下げる。

「大丈夫ですわ。シャーロットが一筋縄ではいかないことは予想していたことですし。……それにしても、シャーロット。早速なのね。お勉強は嫌いだと思っていたけれど……びっくりしちゃったわ」

アンの視線にシャーロットはふてくされて目を逸らした。

「殿下、こちらを」

アンはアスベルトにスパークリングウォーターが入ったグラスを渡す。グラスには、細かい泡がしゅわしゅわと揺れている。

「お酒ばかり飲んでいると、酔ってしまいますからね」

ニコニコと笑みを浮かべながら意味深に話すアンに、シャーロットは唇を噛んだのだった。

シャーロット。

彼女は、クレアのように別の世界を知る存在ではなく、ただの性格が悪い乙女ゲームのヒロインである。
この世界は自分のためにある、そう思い込んでいるけれど、彼女の予想外の人生はこれから加速していくのだった。

元、落ちこぼれ公爵令嬢です。②／完

# 番外編

これは、クレアとヴィークの想いが通じ合ってから数日後のお話。


王都で一番賑やかな場所にあるレストラン。ちょうど夕食の時間帯で、店内は混み合っている。その一番奥の個室に六人は座っていた。

「本当にこんなことでいいのか？」

「ええ。こんなことがいいの」

怪訝そうなヴィークの表情に、クレアはくすりと微笑む。

「悪いな、クレア。警備上の理由で個室になってしまった。賑やかなホールの方がよかったよな」

「相変わらずキースは鈍いなぁ。一度目と同じ、ってことはそのときも個室に決まってるじゃん」

「ふふっ。確かに、ドニの言う通りレストランへ行くときは大体個室だったわ」

今日、クレアはヴィークや側近たちと一緒に食事に来ている。

任務の合間にリュイやドニが街で食事を済ませるのはいつものことだが、ヴィークやクレアまでそこに加わるのは珍しいことだった。

けれど、今日は少し特別な日で。

「それにしても『一度目の人生での思い出を共有したい』っていうヴィークの申し出に私たちまで誘ってくれるとはね。クレアはさすがだね、ヴィーク?」

「うるさい、リュイ」

不満げなヴィークに、クレアは少し申し訳ない気持ちになる。

(本当は、私との時間を作ってくれようとしたのよね。それはとてもうれしかったのだけれど)

ここのところのヴィークは、大切な人を置いて時を戻したクレアがずっと寂しい想いをしていたのではないかと心配している様子だった。

今日も、それを気にしての誘いである。

けれど、クレアはヴィークとの思い出をなぞるよりは新しい思い出を作りたいという気持ちのほうが大きかった。クレアにとっては、強さも弱さも知る目の前の彼が最愛の人なのだから当然である。

ということでいろいろと考えた結果、ヴィークの申し出には『一度目のように皆と一緒に外で食事がしたい』と答えたのだった。

「しかし、俺はこんなところにクレアを連れて来ていたとはな。確かに気に入っているが、ここは隣国からのお嬢様を案内するにはかなりくだけた店だぞ」

「だって、私は初めて会ったとき出自を隠していたもの。ヴィークとはしばらくの間友人だったし」

「そうか。……今は？」

「……！」

「あ……いや、今のは」

何気ないヴィークの返しに、クレアは頬を染め目を瞬かせる。その様子を見た彼は、なぜか自分でも赤くなっている。完全にリラックスしていたせいで、周囲に人がいることを忘れていたらしい。

「いいえ、いいの」

クレアが目を泳がせると、レストランの個室には微妙な空気が流れているのが分かった。気まずそうなキースに、にやにや顔のドニ、涼しげに微笑むリュイ、ニコニコとメニューを広げるディオン。

「はいはい、ごちそうさまです！　じゃあとりあえずみんなで乾杯しよっか？」

ドニの合図で皆がグラスを持つ。

今日は、クレアとヴィークのささやかなお祝いも兼ねている。なぜかずっとすれ違ってきた二人が想いを通い合わせる日を、皆が心待ちにしていたらしい。

「俺は、クレアにも忠誠を」

「僕はクレアお嬢様だけに忠誠を、がいいんだけどなぁ」

「ヴィーク、クレア。おめでとう」

「おめでとー！　二人でゆっくり話したいときはいつでも僕は外すからね！」

キーズ、ドニ、リュイ、ディオンと次々に投げかけられる祝福の言葉に、隣同士に座ったクレアとヴィークは顔を見合わせて笑う。

「まぁ、これからも今までと変わらないな」

「ええ。でも、皆ありがとう」

一度目の人生で最後に浄化を放つ直前。ヴィークとドニと、たった三人だけのお茶会をしたことをクレアは何となく思い出していた。

（あの時は……離れることが本当に辛いと思っていたわ。決心が鈍らないように二人の後ろ姿を見つめることもできなかった。でも今は違う。ここに戻ってこられて、本当によかった）

慣れた様子のドニが楽しげにグラスを掲げる。ホールから漏れ聞こえる賑やかなムードに、おいしそうな料理の匂い、皆の笑顔。

「ということで、かーんぱーい！」

やっと辿り着いた、楽しい夜はまだ始まったばかり。

あとがき

この度は拙作をお手に取ってくださり、本当にありがとうございます。

一巻の終わり、まさかの展開からの二巻でした。その節は本当にすみません！　お楽しみいただけたでしょうか……！


今回は、一巻の最後でセーブデータからやり直すことにしたクレアが、知っている過去とは違う現実に出会うところから始まります。

実はこれ、ウェブでの連載中も賛否両論があった展開で、小説を書きはじめてまだ日が浅かった私は、思わぬ反応に『わあぁ！　ごめんなさい！』となり、二巻に該当する箇所の前半部分をかなりの駆け足でまとめてしまったところでした。

ということで、書籍では『本当はこういう風にクレアとヴィークが近づいていくのを書きたかった……』という展開で書かせていただいております。

ウェブで多くの方に楽しんでいただいたお話だったので、改稿後の書籍版にどんな反応があるかな……と正直とても緊張しているところです。

ぜひ、お手紙などで感想をいただけるとうれしいです。

そして、今回も眠介先生に素晴らしいイラストを描いていただきました！　特に、表紙に関してはカバーラフをいただいた日から数か月間毎日眺め続けました……。
ぜひ、時折表紙に戻って美しい二人を眺めつつ、物語を楽しんでいただけたらいいなと思います。

また、本作は三巻の制作が決定しています。応援してくださる皆様のおかげでこのような運びとなり、本当に感謝しかありません。ウェブとは別方向に転がっていく三巻を楽しみにしていただけるとうれしいです。

最後になりましたが、本書の出版に関わってくださった全ての皆様に感謝を申し上げます。読者の皆様、美麗なイラストを描いてくださった眠介先生、コミカライズで本作を牽引してくださる白鳥うしお先生、ご厚意で同月刊の告知をそれぞれ帯に掲載してくださったマッグガーデン・ノベルズ、角川ビーンズ文庫の担当編集様、そのほか支えてくださったたくさんの皆様、本当にありがとうございました。
また三巻でお会いできますことを祈って。

二〇二一年七月
一分咲

# 元、落ちこぼれ公爵令嬢です。②

発行日　2021年7月24日 初版発行

著者 一分咲　イラスト 眠介　キャラクター原案 白鳥うしお


発行人 保坂嘉弘

発行所 株式会社マッグガーデン
〒102-8019 東京都千代田区五番町6-2
ホーマットホライゾンビル5F
編集 TEL:03-3515-3872　FAX:03-3262-5557
営業 TEL:03-3515-3871　FAX:03-3262-3436

印刷所 株式会社廣済堂

装 幀 Pic/kel(鈴木佳成)

本書は、「小説家になろう」(https://syosetu.com/)作品に、加筆と修正を入れて書籍化したものです。


ISBN978-4-8000-1106-0 C0093

著者へのファンレター・感想等は弊社編集部書籍課「一分咲先生」係、「眠介先生」係、「白鳥うしお先生」係までお送りください。